# 王弟殿下とヒミツの結婚

雪村亜輝

AKI YUKIMURA



NB

ノーチェ文庫

ジェラール
レスロトフィ王国の王弟。
精霊の加護を受けた
優秀な魔術師。
多くの貴重な魔術書を
魔術空間にある図書室で
保管している。
舞踏会で見かけたセリアに
声をかけてきて──
セリア
リィードロス公爵家の令嬢。
魔術師だった亡き祖父の影響で
魔術に強い関心を持っている。
近頃、望まぬ相手との婚約話が
浮上して悩んでいる。
登場人物紹介

キィーナ
セリア専属の侍女で、幼い頃から面倒を見てくれている。
リィードロス公爵
セリアの父親。レスロトフィ国王の側近。
アラスター
サリジャの従弟。病弱で、王都から離れた療養地で暮らしている。
マリーツィア
サリジャのそばにいる妖艶な美女。しかし、その正体は……
サリジャ
素行不良で廃嫡されたレスロトフィ王国の王子。王太子に返り咲こうと目論んでいる。

目次

# 王弟殿下とヒミツの結婚

# 第一章

レスロトフィ王国の王都には、格式ある古い建物が多く存在している。

そのひとつであるリィードロス公爵の屋敷は、その夜、すでに寝静まっていた。そんな中、ひとり娘のセリアは窓辺の近くにある寝台で月明かりの下、魔術書を広げている。

魔術。それはセリアが、もっとも興味を持っているものだ。

この国ではかつて、魔術が盛んに使われていた。魔術は、魔力を持つ者が呪文《じゅもん》を唱えると使える。そうして魔術を扱う者を、魔術師と呼ぶ。

この国は、初代国王が魔術師だったこともあり、国民の半数以上が魔術師という時代もあったらしい。しかしいまや魔術は廃《すた》れ、ほんの一部の人間しか使えないものになっている。魔力は遺伝性だが、親が魔力持ちであれば必ず子にも遺伝する、というものではない。また、親が魔力を持っていなくても、隔世遺伝することもある。

そんな中でセリアは珍しく魔力を持って生まれ、魔術師だった祖父に魔術の素晴らしさを教えられた。セリアは祖父の話にすっかり引きこまれ、十七歳になった現在も魔術に夢中なのである。

年頃の貴族令嬢は淑女《しゅくじょ》になる教育を受けたり、パーティーに出たりするので忙しいのが一般的。そんな中、箱入り娘でほとんど外に出ない上に、魔術にばかり気を取られるセリアは、変わり者と言われていた。

公爵である父は、娘が魔術に熱中していることをきつく咎《とが》めたりはしなかったが、心配はしているようだ。だからセリアは、昼間は大抵家庭教師のもと勉強し、深夜にこっそりと魔術書を開く毎日を過ごしている。

十数年前に祖父が亡くなってからも独学で学んできたが、なかなか上達しない。

セリアはため息をついて、身体を起こした。

(魔力は充分あるっておじい様は言ってくださったし、魔術の知識は増えたのに、どうして上達しないのかしら。……精霊に会ったことがないから?)

この世界には精霊が存在している。魔力持ちの中には精霊の姿が見える者もいるらしいが、少数派だという。魔術は魔術師自身の魔力をエネルギー源としているものの、精霊の力を借りられると成功しやすいのだとか。

そんなことを考えているうちに、雲が月を覆《おお》い隠してしまった。セリアは小声で、周囲をすこしだけ明るくする魔術の呪文《じゅもん》を唱える。

それは本の周りだけを、ほんのりと照らしてくれる……はずだった。しかし突然、部屋全体が真昼のように明るくなる。

（あっ、いけない！）

加減を間違えてしまったようだ。セリアは慌てて明かりを消す。

時刻は、もう真夜中過ぎ。近くの部屋にまで明かりが漏《も》れてしまったかもしれない。

そう思っていると、誰かが部屋にやってくる音がした。

セリア付きの侍女であるキィーナが、明かりに気がついたのだろう。

セリアは慌てて本を閉じて、寝たふりをしようとする。でもそれは、すこし遅かったらしい。

「……お嬢様」

扉が開けられる音がして、呆《あき》れたような声で呼ばれる。本を隠そうとした恰好のまま、セリアは首をすくめた。

「キィーナ、ごめんなさい」

燭台《しょくだい》の明かりが、入ってきた人物の姿を照らし出す。穏やかそうな四十代半ばの女性――侍女のキィーナだった。彼女はセリアの姿を見ると、深くため息をつく。

「こんな真夜中に、何をなさっていたのですか？」

子どもを叱るような口調だ。幼い頃に母を亡くしたセリアの面倒をずっと見てくれたのは、このキィーナだった。侍女とはいえ、セリアにとっては母がわりである。

「だって最近、ずっと本を読む暇がなかったのよ。お父様がうるさくて……」

「そのようなことを言ってはなりません」

静かな口調で諭《さと》すように言われ、セリアは口をつぐむ。

「公爵家のお嬢様ともあろうお方が、社交界にほとんど顔を出さず、魔術の本ばかり読んでいては、心配なさるのも当然です。ましてセリア様は亡くなった奥様によく似て、こんなにも美しく成長なさったというのに」

セリアの容姿は華やかで、キィーナはいつも美しいと言ってくれる。緩《ゆる》やかなウェーブのかかった、長い金色の髪。ずっと屋敷で本ばかり読んでいるせいか肌も白く、大きな瞳は亡き母と同じ透《す》き通った緑色だ。

キィーナは目を細めて、セリアを見つめている。

「そんなこと……」

セリアにも、美しいと言われる容姿をしているという自覚はある。

でも魔術が好きで、魔術書を読んでいるときが一番しあわせだと思っているセリアには、美しさなど意味のないものだった。

（それよりも、もっとたくさん本を読みたい。貴重な魔術書を手に入れたい……）

魔術が廃《すた》れたいま、魔術書はあまり出回っていない。中には世界に数冊しかない貴重な本もある。

セリアにとって、そういった魔術書はどんな宝石よりも価値のあるものだ。だが、周囲にその価値観を共有してくれる者は誰もいない。一番身近なキィーナでさえ、魔術よりも、ほかの勉強やドレスに興味を持ってほしいと思っているらしい。

（わたしは宝石やドレスよりも、もっとたくさんの魔術書が欲しいのに。そしてたくさん勉強して、いつか自分で魔術書を書きたい）

手に持っていた魔術書を、ぎゅっと抱きしめる。そんな彼女を見て、キィーナは優しく促《うなが》す。

「さあ、もうお休みになってください」

「わかったわ」

急《せ》かされて、セリアは本を閉じて寝台に横になる。

キィーナが部屋を出ると、周囲は静寂に包まれた。

あれだけこの部屋を明るく照らしてくれた月も、薄雲がかかって淡《あわ》く光るのみだ。

静かな、そして暗い夜。それでも、セリアはすぐに寝つくことができなかった。

机の上に積まれた招待状に目を向け、ため息をつく。

もう社交シーズンが始まる頃だ。セリアが変わり者だという噂は知っているだろうに、こうしていくつもの招待状が届く。求められているのは、セリア個人ではなく公爵令嬢。参加することにあまり意義を感じられない。

ひとまず招待状にはすべて断りの手紙を出すことに決める。

（公爵家の令嬢としてすべきことがあるのはわかっている。でも、もうすこしだけ自由な時間が欲しい）

数年後の自分は、どうなっているのだろう。

そう考えると、もう眠ることなどできそうにない。

セリアは周囲が完全に寝静まったのを確認すると、本棚から魔術書を取り出した。もう魔術は使えないので、カーテンをわずかに開けて、さっきとは比べものにならないくらい弱い月の光の下でそれを広げる。

魔術書を読んでいると、心が落ち着いていく。時間を忘れ、夢中になっていた。

結局、セリアは夜が明けるまで、魔術書を読みふけったのだった。

翌日以降も、セリアは夜中にこっそり本を読み続けた。

セリアは人の気配がすると眠りが浅くなってしまうので、寝室にはキィーナ以外の侍女の立ち入りを禁じている。寝室の鍵を持っているのはキィーナだけ。彼女は、よほどのでき事がなければ、無理に部屋に入ってくるようなことはしない。だから魔術を使って失敗しなければ、深夜に本を読むのは難しいことではなかった。

（そのせいで、すこし寝不足だけど……）

侍女に隠れて、小さなあくびをする。

将来への不安からか、最近は夜になると落ち着かなくて、なかなか眠れない。気を紛らわせるためには、魔術書を読むのが一番だった。

それでも、どうしようもない不安は日ごとに積み重なっていく。セリアは寝不足のせいで、日中はぼんやりすることが増えつつも、父に言いつけられた勉強をして過ごしていた。

そんなある日の昼過ぎ、自室にいたセリアは父から呼び出しを受けた。

父は王城から戻ってきたばかりのようだ。

「お父様が？」

キィーナからそれを聞き、セリアは不安になる。

父が屋敷でゆっくり休んだり、セリアと話をしたりするのは、いつだって夕方以降だった。こんな早い時間に屋敷に戻ること自体、ここ数年間一度もなかったことだ。

「なんのお話かしら……」

最近、ずっとセリアの胸を騒がせていた不安が、また押し寄せる。

なんとなく、彼女にとってあまりいい話ではないだろうという予感がした。

もしかしたら、招待状にすべて断りの返事を出したことを咎《とが》められるかもしれない。

そう思うと、行きたくない。

だが、呼び出しに応じないわけにはいかなかった。

セリアは、机の上に用意していた教科書を撫《な》でる。

午後からは歴史の授業のはずだったが、父の呼び出しが優先だろう。

（よりによって歴史の授業のときだなんて）

初代国王が魔術師だったことから、この国の歴史は、魔術と深い関わりがある。多くの授業の中では一番楽しみな時間だっただけに、すこし未練が残るけれど――

「……わかりました。すぐに行きます」

仕方なく、キィーナを伴《ともな》い父の書斎に向かった。

その部屋は、以前は祖父が使っていたもので、四方を本棚で囲まれている。そこへ行くと、優しかった祖父を思い出す。当時はどの本棚にもびっしりと魔術書が入っていたが、いまは歴史の本が何冊かあるだけだ。あの魔術書はすべて父が処分してしまったのだろうか。

セリアが書斎に着くと、父は大きな机で手紙を読んでいた。娘の姿を見るなり、彼は部屋の中に入るように促《うなが》す。そっと父の様子をうかがってみたが、その顔は怒っているようには見えない。

（よかった。機嫌は悪くないみたい）

説教をされると思っていたセリアは、安堵《あんど》した。

「お父様？　これは……」

だが部屋に入ると、いくつもの箱が目に入った。綺麗に包装されていて、贈り物のように見える。

「お前に、サリジャ様が贈ってくださったのだ」

「サリジャ様？」

セリアは首を傾《かし》げる。

（誰だったかしら？）

セリアが考えこんでいる間に、付き添いのキィーナが父に命じられて、いくつもある贈り物を開封した。目の前に並べられたのは、とても綺麗なドレスや、豪華な宝石がついた装飾品だった。

「まあ……」

そのあまりの豪華さに、セリアも思わず声を上げる。娘の様子を見て、父は満足そうに何度も頷《うなず》いた。

「サリジャ様はお前を気に入って、こんなに贈り物をくださった。光栄なことに、今後の縁についても考えてくださっているらしい。無礼があってはならない。すぐにお礼状を出すように」

「はい」

そう頷《うなず》いたものの、セリアにしてみれば贈り物の豪華さにただ驚いただけで、綺麗なドレスや装飾品が嬉しいわけではない。

父はまた王城に出かけるらしく忙しそうなので、早々に部屋を退出した。自分の部屋に戻りながら、セリアは考える。

（サリジャ様って、誰だったかしら？）

父の態度からして、そのサリジャという人物はセリアの婚約者候補なのだろう。

「キィーナ、サリジャ様ってどなただったかしら?」

そう言って振り向くと、キィーナはとても複雑そうな顔をしていた。

「セリア様……お忘れですか? サリジャ様は、この国の王子様でいらっしゃいます」

「ああ」

セリアはポンと手を叩く。

聞いたことがあるはずだ。自国の王子の名前さえ思い出せないくらい自分が世間から離れていたことに、セリアはすこし苦笑した。

(でもまさか、あのサリジャ様だったなんて)

彼は国王唯一の王子なのだが、王太子ではない。一度はその地位に就《つ》いたものの、あまりにも素行が悪く、数年前に国王の怒りを買って廃嫡《はいちゃく》されたからだ。

それからまだ王太子は正式に定まっていないが、候補はふたりいる。ひとり目は、国王の妹の息子だ。母親が王族、父親は大貴族と、血筋に問題はない。しかし身体が弱く、静養中と聞く。

もうひとりは、国王とかなり年の離れた異母弟。年はサリジャよりもすこし下で、前王の二番目の妃の子だ。とても優秀な人間だというが、母の生家は力のない貴族の家。王位に就《つ》くにしては後ろ盾が弱い。また前国王が亡くなったあとは、あまり表に出ない生活をしているようだ。

これらの情報から、国民の間では、王弟が王太子になるのではと囁《ささや》かれている。

それにしても、王の甥《おい》でも王弟でもなく、よりによって素行不良で廃嫡《はいちゃく》されたサリアが婚約者候補だとは。

セリアはため息をついた。

午後からの授業は中止になり、父も出かけたので、セリアは自室に戻り、魔術書を広げた。そのまま考えこむ。

（お父様、嬉しそうだったわ。王族の方との縁談そのものは、公爵家としては誉《ほま》れでしょうけれど……）

幼い頃から父は、セリアをとても可愛がってくれた。

一番大切なものは娘だと、何度も口にしていた。

それなのに、どう考えてもしあわせになれるとは思えない結婚をさせようとしている。

大好きだった父に、裏切られたような気持ちになってしまう。

でも仕方ない、と憂《うれ》い顔でセリアは思う。

（もともと結婚なんて、わたしの意志で決められることではないわ。公爵家に生まれたからには、受け入れるしかない運命なのよ）

そう思ってきたし、一応覚悟もしていた。

ため息をついて、サリジャからの贈り物を思い浮かべる。

（わたしのことを気に入ったなんて嘘よ。一度も会ったことがないもの。それにもし本当にわたし自身に興味を持ってくれたなら、あんなものを贈ってくるはずがない）

本当にセリアを喜ばせたいのならば、魔術書を選ぶだろう。そうではないことを考えると、女が喜びそうなものを、見繕《みつくろ》ったにすぎない。

「キィーナ。サリジャ様にお礼状を出しておいて」

お茶の支度をして、部屋を訪れたキィーナに頼むと、彼女は複雑そうな顔をしながらも頷《うなず》いた。

「……はい。代筆でよろしいのですか？」

「いいのよ。向こうだってきっと、自分で選んだものではないわ」

彼がセリアを気に入ったとしたら、それは公爵令嬢という身分だけだ。礼状が届いても、見もしないだろう。そしてセリアも、部屋に運びこまれた贈り物には目も向けない。

それよりも、と魔術書を読もうとした。

しかし、なかなか集中できない。次第に押し寄せてくる不安に、胸が押し潰されそうになる。

（……これが貴族社会。互いに、心にもない称賛を言い合って、自分を偽《いつわ》って生きていくのね）

いままでは子どもだったから、自分の世界を中心に生きることが許された。だがこれからは、貴族の女性として、たくさんの義務が生じるのだろう。

結婚も、そのひとつだ。

娘の結婚相手として選ぶということは、父はサリジャを次期国王として推《お》すつもりなのだろうか。

だが、いくら父が推《お》したとしても、彼が国王になる可能性は低い。なにせ、一度はその地位に就《つ》いたのに、実の父に廃嫡《はいちゃく》されたくらいだ。

もしサリジャが次の国王に選ばれなかったら、自分はどうなるのだろう。

廃嫡《はいちゃく》された王子の妻。それはどう考えても明るい未来ではない。

でも、とセリアは思う。

誰の妻になっても、結局は同じことかもしれない。結婚してしまえばもう魔術を学ぶことはできないだろう。それよりもほかの貴族たちとの付き合いが大切になってくる。

上辺だけ取《と》り繕《つくろ》い、誰も本音で話さない世界での生活が始まる。セリアの身分ならば相手は間違いなく貴族だろうし、それを決めるのは父だ。

(考えても仕方のないことね。わたしの意志で変えられることじゃないもの)

セリアは首を振ってその考えを頭から追い出し、今度こそ魔術書に集中する。いままで幾度も不安な夜を過ごしてきたが、考えてみれば自分の手でどうにもならない未来のことで思い悩むのは無駄なことだ。それよりもいまは、こうして魔術に熱中できる時間を大切にしなければならない。

セリアは顔を上げて、本棚に並ぶ本を見つめた。ふつうの人が見れば、多くの魔術書に驚くだろう。

だが、セリアにとってはこれだけしか読んでいない、という量だ。世界には、まだ見ぬ魔術書がたくさんある。

(読みたい本はまだまだあるのに……。時間は限られているのね)

魔術にかまけてばかりはいられないのはわかっていたことだが、こうして結婚が具体的になってみると、残された時間の少なさに焦りを感じてしまう。

(もっと時間を大切にしよう。後悔したくないもの)

その焦りから、セリアはますます魔術にのめりこんでいった。

父のいない日はほとんど魔術書を読んで過ごし、外出することもなくなった。

あれからも何通か舞踏会の招待状がくる。だがそれもすべて、体調がすぐれないからと、キィーナに頼んで欠席の返事を出してもらった。

サリジャからの贈り物も、いくつも届いている。

贈り物を開封する時間さえ惜《お》しくてそのままだが、礼状だけはキィーナに代筆してもらっていた。

たまに帰宅した父は、サリジャにきちんと自分で礼を言うように、舞踏会に参加するようにと繰り返す。セリアはそれにも、体調が悪いからとなかなか言う通りにしなかった。

心配するキィーナの言葉も、セリアの耳には届かなかった。

そんな日々が続いた、ある日。父はセリアに対してかなり強硬な手段に出た。

セリアの大切な宝物、祖父の形見でもある貴重な魔術書を取り上げ、サリジャが参加する王城での舞踏会に出席するように強要したのだ。

『舞踏会に参加するし、サリジャ様にも会う。その本はおじい様の形見だし、一番大切なものだから返してほしい』とどんなに訴《うった》えても、父は本を返してくれなかった。セリアが舞踏会に参加し、サリジャに礼を言ったら返す、の一点張りだ。

舞踏会が開催されるのは、今夜。

本を返してもらうためには、急いで準備をして出席しなければならない。急に決まった予定に、侍女たちはセリアの支度をするために大忙しだった。

慌ただしく動く侍女たちに囲まれて、サリジャから贈られたドレスをキィーナに着せられている間も、セリアは祖父の本のことが気になって仕方がない。

（ひどいわ。あれがわたしにとってどんなに大切な本なのか、お父様だって知っているのに）

父の言うことを聞かなかったのは、たしかにセリアが悪かった。

けれどこんなふうに、大切にしていたものを盾に、言うことを聞かせようとするような人ではなかったはずだ。

それに、気になることがあった。

セリアは祖父の本に守護魔術をかけておいた。守護魔術をかけたものは、魔力のない者には見ることも触れることもできなくなるのだ。しかも、本棚ではなく別の場所に保管しておいた。

（お父様は魔力を持たないし、魔術を使えない。それなのに、あの本を奪うことができたのは、なぜ？）

守護魔術が完璧ではなかったのかもしれない。

ほとんど独学で魔術を学んだセリアは、失敗が多い。以前も、夜中に部屋中を明るくしてしまったことを思い出す。

（まだまだ勉強不足ね。大切な本も守れないなんて）

「セリア様」

名前を呼ばれ、はっとして顔を上げると、侍女のキィーナが気遣わしげにセリアを見つめていた。

「公爵様も、セリア様のことを心配なさっているのでしょう。ですから……」

「ええ、わかっているわ」

キィーナを安心させるように、セリアは笑顔を作る。

「わたしも最近、すこしわがままがすぎました。今夜の舞踏会にはちゃんと参加するわ。だから心配しなくても大丈夫よ」

そう言うと、彼女は安堵《あんど》した様子だった。

たしかに時間がないと焦っていたとはいえ、勉強も人付き合いもおろそかにしていたのは悪かったと反省する。これだけの贈り物をもらっているのだから、サリジャにもきちんと自分で礼を言うべきだった。父が強硬手段に出たのは、ひとつのことに固執してまったく周りが見えていなかった自分のせいだ。

舞踏会に出席しようと腹を括《くく》ったが、すこしでも時間を無駄にしないようにしたい。

セリアは侍女たちの隙《すき》を見て、出発する前に本を一冊だけ本棚から持ち出した。

（守護魔術をもう一度、しっかりと復習しなければ）

知識を広げることも大切だが、何よりも魔術をもっと上達させたい。自《みず》らの実力不足を思い知ったいま、舞踏会が終わるのをただ待つのは耐えられない。セリアは本を隠し持ち、馬車に乗って王城に出発した。


会場に着くと、大勢の人たちが華やかに装《よそお》って参加している。

周囲を見回すと、セリアが贈られたドレスは流行のものだというのがよくわかる。似たデザインのドレスを着た女性が何人もいるのだ。中でも、セリアの着ているものは、かなり高級品らしい。胸元が大きく開き、袖にも高級なレースがたっぷりと使われている。

（でもこんな華美なものは、あまり好きではないわ）

金色の長い髪で胸元を隠す。

それでも盛装したセリアは人目を惹《ひ》く。しかも、未婚の女性ならば連れているはずの付添人もいない。何人かの男に声をかけられそうになって、慌てて控室《ひかえしつ》に向かった。

舞踏会では、男性が女性に声をかけるときは付添人を介するものだ。それなのにひとりでいる女性に声をかける男など、ろくなものではないだろう。

（早くおば様と合流しなくては）

父がセリアの付添人に選んだのは親類の女性だ。なにしろ急に参加が決まったため、舞踏会の控室《ひかえしつ》で合流することになっていた。

人目につかないように控室《ひかえしつ》まで急ぐ。

そして華やかな会場の隣に設けられた控室《ひかえしつ》にたどり着くと、セリアの付添人はまだ着いていなかった。

部屋には多くの人がいて、出入りも激しいようだ。ここならば、ひとりでいても目立たない。

セリアはほっと息を吐く。

（おば様はまだみたいだし、いまならすこしは読めるわね）

話しかける友人もいないセリアは、控室《ひかえしつ》の椅子に座り、隠し持っていた魔術書を取り出した。

（守護魔術の項目はどこだったかしら……）

ゆるく巻いた髪と、レースの飾りがたくさんついている袖が邪魔だ。

セリアはドレスの飾りのリボンを一本外すと、それで髪を結び、袖口をめくり上げて本を広げた。そんなセリアの様子を見て、周囲の人たちは忍《しの》び笑いを漏《も》らす。

こんなところに来てまで読書をしているなんて、よほどの人見知りか、もしくは変わり者だろうと思われているようだ。中には、わざわざセリアの顔を覗《のぞ》きこもうとする者もいる。なかなか目的の記述を見つけられないセリアは、苛《いら》立《だ》ってきた。

（もう、邪魔をしないで！　だから舞踏会なんて嫌いなのよ）

「お前がセリアか」

そんなときに、頭の上から偉そうな声がして、思わず顔を上げた。

取り巻きの男たちに囲まれたひとりの男性が、傲慢《ごうまん》な態度でセリアを見下ろしている。短い茶色の髪に、青い瞳。顔立ちも悪くないし、着ているものも上等な品だったが、軽薄そうな印象を与える男だった。隣に黒髪に緑の瞳の女性を連れている。真っ赤なドレスを身にまとった、妖艶《ようえん》な美女だ。男の手が、彼女の折れそうなほど細い腰を抱き寄せていた。

もしかしたら愛人なのかもしれない。

「公爵家のひとり娘は相当な変わり者だと聞いていたが、その噂は本当のようだな。だが俺は寛大だ。どんな変わり者でも、正妃にしてやる。何せ、お前と結婚してリィードロス公爵家の後ろ盾を得れば、俺の王位はほぼ確実。叔父貴《おじき》に王位を奪われることは、絶対にない！」

（この人……。まさか、サリジャ様？）

言葉を聞く限り間違いなさそうだ。叔父貴《おじき》というのは、王太子候補だと囁《ささや》かれる王弟のことだろう。

光栄に思えと言わんばかりのサリジャの態度に、セリアは頭を抱えたくなった。

この傲慢《ごうまん》な態度。

王太子ではないというのに、多くの貴族が居合わせる場で平然と正妃にしてやると発言する愚《おろ》かさ。

不躾《ぶしつけ》にセリアの身体を見つめる、好色そうな視線。

しかも片手に女性を抱いたままだ。

取り巻きの男たちも貴族の子息だろうが、どこか品のない顔をしている。

目の前の光景に、セリアは首を横に振る。

（お父様……。本当にこの人でいいの？）

父はこの国を愛していた。それなのに国を継いだ途端に滅《ほろ》ぼしてしまいそうなこの男を、どうして次期国王に推《お》そうとしているのか、まったくわからない。

贈り物のお礼を言わなくてはと思ったが、声も出なかった。

サリジャは自分の言いたいことだけ告げるとセリアから離れ、黒髪の美女や取り巻きたちを従《したが》えて歩いていく。

セリアはサリジャが部屋から出るとすぐに、本を手にしたまま控室《ひかえしつ》を抜け出した。

耳障《みみざわ》りな笑い声が聞こえる。サリジャと、その取り巻きたちだろう。

これ以上、彼と顔を合わせたくない。サリジャの姿を見ていたら、ますます不安になってしまう。

セリアはそのまま、舞踏会の参加者に開放されている王城の中庭に行く。

中庭と言ってもさすが王城だけあって充分な広さがあり、背の高い木も数本植えられている。煉瓦《れんが》を敷き詰めた小道が奥まで続いていた。人の姿はあまりない。

中庭には燭台《しょくだい》がいくつか置かれていて、夜の闇を遠ざけてくれる。セリアは周囲を見渡し、一番目立たない場所にある長椅子に座る。

舞踏会のための音楽が聞こえてきた。

どうやら舞踏会が始まったようだ。付添人の女性は、もう到着しただろう。セリアを探しているかもしれない。

(でもすこしくらい、遅れても大丈夫よね。このまま参加して、みんなの前でサリジャ様に贈り物のお礼なんて言えないわ)

そんなことをしたら、もう婚約したかのように扱われてしまうだろう。父の考えが変わらなければ、いずれそうなるかもしれないが、それでも人に噂されるような行動を自《みずか》ら取りたくはない。

久しぶりの舞踏会。そして予想以上に嫌悪を感じたサリジャのせいで、どうしようもなく心が騒ぐ。

セリアはそんな心をなだめるように、手に持っていた魔術書を開いた。

今度こそしっかりと守護魔術を覚えて、大切な本を守らなければならない。

魔術書を読み始めると舞踏会のことはすっかり忘れ、セリアは本に集中した。

(精霊の力をうまく借りることができれば、魔術の成功率は上がるのよね。でもわたし、精霊と対話なんてしたことがないし……)

魔術は、自身の魔力を使う。それに精霊の加護が加わると、その威力と成功率は何倍にもなる。過去に存在した偉大な魔術師はすべて、精霊に愛された者だという。

精霊の加護をもらうのは無理でも、せめて精霊の声を聞くことができれば、もっと魔術が上達するだろう。

(とはいえ、おじい様でさえ、精霊の声を聞くことはできなかったし……)

祖父は、精霊の存在を感じられる人だった。だが声を聞いたことはないらしい。

魔術師が少なくなったいまでは、精霊の存在を感じられるだけでもすごいことだ。

精霊を感じやすい場所は、信仰の場である聖堂や、自然豊かな土地らしい。父に自由な外出を許されていないセリアは、そのどちらにも行ったことがない。これからも行けることはないだろう。

(本当に……。ままならない人生、よね)

誰もが生まれる場所を選べないのだから、自分が不幸だとは思わない。それでも実際の人生とやりたいことがこうも真逆になると、ため息をつく回数も多くなってしまう。

思わず手にしていた魔術書を抱きしめると、ふいにセリアの周辺に淡《あわ》い小さな光がいくつか浮かんだ。

「え?」

それはセリアの指先くらいしかない小さなものだったが、その温かく柔らかい光は、不安ばかりだった心を優しく慰《なぐさ》めてくれるようだ。

(なんだろう。とても、優しい光……)

そのとき、突然、背後から声がした。

「怖がる必要はない」

「っ!」

セリアは驚きのあまりびくりと身体を震わせる。

手にしていた本が、ばさりと地面に落ちた。

「だ、誰かいるの？」

周りを見渡しても、人の気配はまったくない。

ここを離れたほうがいいかもしれない、と思ったとき、近くにあった大きな木の陰から、ひとりの男性が姿を現した。

「すまない、怖がらせたのは俺だったようだ」

セリアは彼の姿をじっくりと眺《なが》める。

背はかなり高く、すらっとした身体だ。警戒するセリアを見つめる眼差《まなざ》しは穏やかで、優しそうに見える。長い黒髪を背後で束ねていた。

こちらを見つめる目は、透明な青。まるでサファイアのような美しい色だった。

顔立ちも整っているし、上品で洗練された姿だ。

そのとき、セリアを取り巻いていた小さな光が、いっせいに彼に向かって移動した。

淡《あわ》い光はとても神秘的で、セリアは思わず見惚《みと》れる。

「あの、これは？」

淡《あわ》い粒子をまとったまま、彼は穏やかな声で言う。

「精霊だ。まだ小さなものだけど、俺は魔術師だから懐《なつ》かれやすくてね」

「せ、精霊！」

思わず大きな声を上げてしまい、慌てて両手で口を塞《ふさ》ぐ。

（すごい。なんて綺麗なの）

ふわふわと彼にまとわりつく淡《あわ》い光。

きっとこの小さな精霊は、彼についてきたのだろう。

「まさか王城の中庭で、精霊に会えるなんて」

「あまり知られていないけれど、実は精霊はどこにでもいる。ただ見える人が少ないだけだ。……君には見えるようだね」

感激に目を潤《うる》ませて精霊を見つめるセリアに、彼は優しく微笑む。

彼が空に向かって手を掲げると、精霊たちは夜空に溶けこむようにして消えていく。

セリアは名残惜《なごりお》しくて、精霊たちが消えたあとも、夜空を見つめていた。

（精霊は、どこにでもいるの？　わたしでもまた、会えるかしら？）

無理だと諦めていた夢が、ひとつ叶った。

父の命令で仕方なく参加した舞踏会だったが、こんな出会いがあるとは思わなかった。

（精霊をまとわせた、魔術師……）

セリアが視線を向けると、彼は地面に落としたままになっていた魔術書を拾い上げてくれた。

「これは魔術書か。君も、魔術師なのか？」

「い、いえ。そんな。魔術師と胸を張って言えるようなものではないです」

彼の問いかけに、セリアは慌てて首を横に振る。差し出された魔術書を受け取り、ぎゅっと胸に抱きしめた。

「ただ祖父が魔術師で、いろいろと教えてもらったから、すごく興味があって。でもほとんど独学なので、失敗してばかりなんです」

精霊だけではなく、本物の魔術師にまで会えた。叫び出したくなるような高揚を抑え、セリアは必死に言葉を紡《つむ》ぐ。

「祖父？　その姿を見るに、君は舞踏会の正式な招待客のようだね。だとしたら、もしかして君のおじい様とは先代のリィードロス公爵ではないか？」

「え？　祖父を知っているのですか？」

また声が大きくなっていたと気がつき、セリアは自身を落ち着かせるように深呼吸をする。

「すみません、つい興奮してしまいました」

恥ずかしくて俯《うつむ》いたセリアに、彼はとても優しい笑みを見せる。

「大丈夫だ。防音の魔術を使おう。これで、何を話しても外部に聞かれることはない」

彼がただ小さく手を振っただけで、外部の音が遮断される。

魔術は本来呪文《じゅもん》が必要なものだが、何度も繰り返し成功させていくと、呪文《じゅもん》なしで使うことができるようになる。彼は、その域まで達した魔術師らしい。

（すごいわ）

思わず見惚《みと》れていると、彼は振り向いた。

「残念ながら、君のおじい様と面識はない。ここ数代の貴族で魔術師だった人間など、ただひとりだけだから、わかったんだ。それに彼の書いた魔術書を読んだことがある。素晴らしい内容だった。未完なのが残念だ」

「祖父が魔術書を書いていたのですか？　知らなかった……」

魔術書を書くのはセリアの夢だ。

それを祖父が未完とはいえ成し遂《と》げていたと聞き、セリアの頬を涙が流れ落ちる。

祖父も、公爵家の人間。しかも当主だった。それなのに魔術師として名を馳《は》せ、魔術の本も書いていた。

もしセリアが男に生まれていたら、この夢を諦めなくてもよかったのだろうか。

孫として誇らしいという気持ちと、羨《うらや》ましいという気持ちがまじり合って、涙はなかなか止まらない。

「ごめんなさい」

突然目の前で泣いてしまって、彼はさぞ驚いたことだろう。

(どうしよう。止まらない……)

ここのところ、ずっと不安な日々を過ごしていたせいで、気持ちが不安定になっているようだ。

セリアは顔を逸《そ》らし、そのままこの場を立ち去ろうとする。

「お騒がせして、本当にごめんなさい。わたし、もう行きます」

踵《きびす》を返して走り去ろうとした瞬間、ドレスの裾を踏んでしまう。

「あっ」

いままであまり舞踏会に参加していなかったセリアは、普段はシンプルで動きやすいドレスばかり着ていた。サリジャから贈られたような裾の長いドレスは、慣れていなかったのだ。

「危ないっ」

彼の声が聞こえた途端、身体がふわりと浮き上がった。魔術をかけられたのだ。宙に浮かんだセリアの身体は、ゆっくりと地面に着地する。彼はセリアの肩をそっと支えた。

「ご、ごめんなさい……。ありがとうございます」

彼の手がセリアに触れた途端、胸が高鳴った。

体温がぐっと上がり、妙にドキドキしてしまう。

それに、彼が助けてくれなかったら、地面に転がって土塗《つちまみ》れになっていただろう。それでは帰るときにますます注目されたかもしれない。助けてもらってとてもありがたかったが、あまりの情けなさで顔から火が出そうだ。

涙をにじませて俯《うつむ》くセリアの手を、彼は優しく握《にぎ》った。

「落ち着いて。まず、ここに座ろう。大丈夫かい？」

「……はい」

セリアは、素直にそれに従《したが》った。手を引かれ、さっきまでひとりで魔術書を読んでいた大きな長椅子に、ふたり並んで座る。

硬くなっているセリアに、彼は静かに語りかける。

「咄嗟《とっさ》に抱き留められたらよかったのだけどね。つい、魔術が先に出てしまった。突然かけられて驚いただろう。すまない」

「い、いえ。わたしも魔術を勉強しているので、大丈夫です」

羞恥心《しゅうちしん》が先に立って気がつかなかったが、こんなに咄嗟《とっさ》に魔術を使えるなんて、彼はかなりの実力者なのだろう。

（いまの魔術も、呪文《じゅもん》を唱えなかった。自分以外の人に魔術をかけるのは、どんなに簡単なものでも大変なはずなのに）

隣に座っている彼を尊敬の念をこめて見上げると、戸惑っているように見える。

偉大な魔術師である彼の普通の姿に、セリアの気持ちもすこし和《やわ》らぐ。

「あの、祖父が書いた本ってどんな内容だったのですか？」

自分から声をかけると、彼は青い目に驚きを宿して、セリアを見つめる。

「読んだことがないのか？」

「ええ、祖父が魔術書を書いていたというのも、初めて知りました」

「そうなのか」

しばらく考えこんでいた様子だったが、彼は視線を王城に向けた。

もう舞踏会は始まっている。

戻らなくてはと思うが、もうすこし彼と話をしたい。祖父が書いた本の内容を知りたかった。

「……話をしたいが、舞踏会はもう始まっている。行かなくても？」

「……行かなくては、と思うのですが」

気が進まない。

その気持ちが伝わったのだろう。彼はかすかに笑みを浮かべる。

「だが公爵家の娘がひとりで参加することはないだろう。誰か付添人は？」

ひとりでふらりと出歩いているような、はしたない女性だと思われたかもしれない。

セリアは慌てて弁解する。

「親戚のおば様が、付き添ってくれるはずでした。でも控室《ひかえしつ》で待っていたら、サリジャ様が……」

「サリジャ？」

サリジャの名を聞いた途端、彼の顔が険《けわ》しくなった。

「サリジャが、どうして君に？」

「た、たくさんの贈り物をいただいたのです」

詰問《きつもん》するような彼の勢いに押されて答えると、彼は表情を和《やわ》らげる。

「ああ、すまない。サリジャは……。あまり評判のいい男ではないからね。リィードロス公爵家に近づいて、何を企《たくら》んでいるのだろうと思って」

やはりサリジャの評判は悪いらしい。

セリアは思わずため息をつく。

「でも父も乗り気らしく、直接サリジャ様にお礼を言うようにと告げられたのです」

「それは本当か？　疑うわけではないが、リィードロス公ほどの方が、そのようなことをするとは、とても信じられない」

「本当です。お父様は、わたしの大切な魔術書を取り上げて、舞踏会に参加してサリジャ様に会うようにと言ったのです。おじい様の形見で、守護の魔術をかけておくくらい、とても大切なものだったのに」

「そうか……わかった。すまない、普段のリィードロス公ならば考えられない行動だと思ったものでね」

彼は、祖父とは面識がないと言っていたが、父のことは知っているようだ。

「さて、どうしようか」

彼は周囲を見渡しながら立ち上がった。

「大切な本を取り返すために、舞踏会に参加しなければならないのだろう？」

「そうです。でも……」

祖父の形見である魔術書は、とても大切なものだ。

でも、サリジャに大勢の前で贈り物の礼を言って、婚約者のように扱われるのは、どうしても嫌だった。

「このまま参加してサリジャ様に挨拶《あいさつ》したら、きっともう婚約が成立したかのように言われてしまうわ」

「ああ、きっとそうだろう。あのサリジャのことだ」

彼も同意して頷《うなず》く。そしてセリアにこんな提案をする。

「サリジャに挨拶《あいさつ》するのは、せめて舞踏会が終わってからにしたらどうだろう。彼の取り巻きが帰って、人気《ひとけ》が少ないときを狙うんだ」

「……いくら嫌でも、このまま帰るわけにはいきませんよね。そうします」

「それまでは時間があるね。よければ、すこし付き合ってくれないか？　見せたいものがあるんだ」

「見せたいもの？」

セリアは首を傾《かし》げる。

彼に問いかけようとして、セリアは彼の名前も知らないことに気がついた。

「あの、あなたは……」

「そういえば名乗っていなかったね。俺はジェラール。君はセリア、だね？」

確認するように名前を呼ばれ、セリアは驚く。

「わたしのこと、ご存じなのですか？」

「いや、ただ君のおじい様の本の最初に記《しる》してあった。最愛の孫、セリアに捧《ささ》ぐ、と」

「おじい様……」

また泣き出してしまいそうで、セリアは胸の前で両手を握《にぎ》り締める。

魔術を教えてくれた優しい祖父は、きっとセリアのためにその本を書いてくれたのだろう。だが、セリアはそれを一度も手にしたことがないのだ。

祖父が亡くなったとき、セリアはまだ五歳だった。きっと将来の役に立つようにと、本を遺《のこ》してくれたに違いない。けれど父は、祖父の本をすべて屋敷から持ち出していた。王立図書室にもなかったから、寄付したわけでもなさそうだ。きっと処分してしまったのだろう。

幼い頃は大好きだった父に、最近は不信感しかない。どうしてこんな関係になってしまったのだろう。

俯《うつむ》いたセリアに、ジェラールは優しく語りかける。

「だから読んだことがないと聞いて、すこし驚いた。もしよかったらその本を、君に見せたいと思ってね」

見たことのない魔術書。しかも祖父が自分のために遺《のこ》してくれたものだ。読みたくないはずがない。

ジェラールも舞踏会の正式な招待客のようだし、サリジャみたいな卑劣《ひれつ》な男にも見えない。それになんといっても、彼は精霊に愛された魔術師だ。精霊は嘘を嫌うという。精霊の加護を受けている彼は、嘘をつくことなどできないだろう。

「見てみたいわ。おじい様の本を……」

セリアがそう告げると、ジェラールは頷《うなず》いた。

「それじゃあ行こうか」

そしてセリアの手を引いて、中庭の隅に向かって歩いていく。

「王城から出るのですか？」

「いや、扉をつなげる。だから用事が終わったらすぐに戻れるし、誰にも見られる心配もない」

「扉を……」

魔術書で読んだことがある、とセリアは思い出す。

いまいる場所と行きたい場所を、扉で結ぶ移動魔術。

目的地にできるのは一度行った場所だけだが、とても便利な魔術だ。これならば、どこに行ったとしても、舞踏会が終わる前に戻れるだろう。付添人には申し訳ないが、気分が悪くなったから庭園で休んでいたと言えばいい。

ジェラールは中庭を出ると、そのまま一番近くの部屋の扉を無造作に開く。

先ほどと同じく、呪文《じゅもん》を唱えた様子などなかったのに、セリアの目の前には本棚で囲まれた広い部屋が現れた。

「わぁ」

思わず感嘆の声を上げて、部屋の中に入る。

目の前に広がる光景に、セリアは子どものように目を輝かせた。

そこは広い部屋だった。

両脇に天井まで届くような本棚があり、すべての棚に本がびっしりと詰めこまれている。本棚には上まで届くようにとはしごがかけられ、床には小さな椅子と机がいくつか置かれていた。高い天井には窓があり、昼間であれば太陽の光が部屋全体に満ちるのだろう。魔術書は古いものが多いため、太陽の光を避けて保管するのが一般的だが、ここは本棚に保護魔術をかけて守っているようだ。保護魔術をかけた物は、誰にでも見えるが特定の人物しか触れなくなる。

「ここはどこ？」

「俺の図書室だ。魔力で空間を作り上げている」

「魔力で？」

セリアは驚いて周囲を見た。

（あぁ、初めて見る本がたくさん……）

背表紙を見る限りどれも魔術書で、読んだことのないものばかり。セリアは両手を胸の前で組み、ただ呆然と立ち並ぶ本棚を見上げていた。

「すごい。こんなに本があるなんて。夢みたい……」

ジェラールは一番手前の本棚に近づくと、手をかざす。淡《あわ》い光が、その手のひらに吸い取られるようにして消えた。保護魔術を解除したようだ。

「たしかこの辺に。ああ、これだ」

そう言いながら、一冊の本を取り出す。茶色い革表紙の、かなり古びた本だった。

「これが君のおじい様が書いた本だ。古代魔語は読める？」

「え、ええ。読めるわ」

いまの魔術書はほとんどが翻訳されたものだが、古くて貴重な魔術書はすべて、古代魔語という特殊な言葉で書かれている。しかし、魔術が衰退するにつれて、古代魔語も使われなくなってきた。

祖父の形見の本も古代魔語で書かれていたから、セリアは何年もかけて自分で翻訳した。

祖父の本は、その古代魔語で書かれているようだ。

「ではこれを。そこの机で読むといい」

「あ、ありがとう」

受け取る手が震えてしまう。

セリアは本を受け取ると、そっと机の上に置いた。かなり厚みがある本だ。

重厚な革の表紙に指で触れる。気持ちを落ち着かせるように深呼吸をしてから、ゆっくりと本を開いた。

『最愛の孫、セリアに捧《ささ》ぐ』

最初に書かれていた言葉に、涙が溢《あふ》れた。

(ああ、おじい様。本当にわたしのために……)

震える指で、古代魔語で書かれた文字をたどる。

いつしかジェラールがそばにいることも忘れて、初めて見る魔術の説明と、その呪文《じゅもん》を夢中になって読んでいた。

高揚で、ページをめくる手が震える。

(魔術は奥深いわ。わたしの知らないことが、まだこんなにある)

しかもこの本を書いたのは祖父だ。

祖父がこんなにも知識が豊富だったなんて、知らなかった。もっと話をしたかったと残念でならない。

そしてこの本からわかったことがある。

魔術を使うには、呪文《じゅもん》だけではなく想像力が必要となるのだ。炎の魔術ならば燃え盛る炎を、水の魔術ならば溢《あふ》れるほどの水を想像すると、成功率も威力も増す。

屋敷の中しか知らないセリアでは、魔術が上達しないのも当然だ。

（わたしが得意なのは、守護魔術だけ。硬く閉ざした扉を思い浮かべればいいもの。そんなものは見慣れているわ）

その守護魔術でさえ、祖父の形見の大切な本は守れなかったのだ。

（どうしても届かない夢なら、もう諦めるべきなのかしら）

どうせこれからは、本を読む時間さえ取れなくなる。

精霊と魔術師、そして祖父の本に出会えた幸運に感謝して、これからは貴族の義務のために生きるべきかもしれない。

誰もがそうして生きているのだから。

「ありがとうございます……。最後に祖父の本を読めてよかった」

セリアは祖父の本をゆっくりと閉じると、声を絞《しぼ》り出しそう言った。

「セリア?」

ジェラールはすこし離れた席に座り、本を読んでいたようだ。立ち上がってセリアのもとへ歩み寄ってくる。

「泣いているのか?」

そう言われて初めて、涙が流れていることに気がついた。

「……っ」

慌てて顔を逸《そ》らして、涙を拭《ぬぐ》う。そして彼に本を差し出した。

「いえ、なんでもありません。祖父の本を読ませてくださって、ありがとうございました。わたしは、舞踏会に戻ります」

「戻るのならば送っていくが……。君はそれでいいのか?」

セリアから本を受け取り、ジェラールは静かにそう言う。

もしその声にわずかでも憐《あわ》れみが含まれていたら、セリアは笑顔で頷《うなず》いてこの場を去っただろう。けれど彼の声は、セリアの意志を確認するだけの、静かで冷静なものだった。

きっとジェラールは、セリアが最後と言った真意に――魔術を諦めようとしていることに、気がついている。

「だってわたしには……貴族の娘としての義務がある。魔術の道を究《きわ》めるなんてできないもの。外出もできないし、ただ父の目が届かない夜に、月明かりで魔術書を読むだけ。こんな生活では、とても祖父のような魔術師にはなれないわ」

諦めることができない悔しさを、ジェラールにぶつけてもどうしようもないことは、セリアだってわかっている。

わかっているのに、止まらない。

「そう思うのは自由だが、舞踏会に参加するときでさえ、君は本を手放さなかった。それほど情熱を傾けているものを、そんな言葉ひとつで手放すことなどできないと思うが」

ジェラールはセリアの言葉を、投げ出さずに受け止めてくれる。静かにそう言う彼の声が、セリアの心を落ち着かせてくれた。深呼吸をしてから、謝罪する。

「……ごめんなさい。最近、感情的になってしまうことがあるの。いろいろなことが、急に動き出したみたいに感じて」

「誰だって、サリジャと結婚させられると思えば、動揺するだろう。気にすることはない。そうだ、君に見せたかったのはこの本だけではないんだよ」

ジェラールはそう言うと、セリアを先ほどとは別の本棚の前に導いた。

そこにはほかと同じように、本がびっしりと詰めこまれている。

「この本に、見覚えはないだろうか？」

「え？」

すべて魔術書のようだが、セリアが持っているものと同じ本はなさそうだ。見覚えがないと首を横に振ろうとしたセリアは、ある一冊の本の背表紙に目を留めた。

「この本、見たことがあるような気がするわ。……もしかして、おじい様が持っていた本と同じものかしら」

ジェラールが本棚にかけられた魔術を解除してくれた。セリアは彼が頷《うなず》いたのを見て、その本に触れる。

「懐《なつ》かしい。おじい様の本は、裏表紙が焦げていたの。若い頃、炎の魔術を使おうとして失敗したと言っていたわ」

祖父の本棚にあった魔術書と同じ本を手にしたことで、当時の記憶がよみがえる。

「この本も、裏表紙が焦げてるわ……もしかしてこれは、おじい様の本なの？」

セリアの問いかけに、ジェラールは頷《うなず》く。

「おそらくそうだろう。何年か前、魔術書が大量に出回っているという噂を聞いて、すべて取り寄せた。古い魔術書など、魔術師でなければあまり価値のないものだからね。状態を見る限り、どこかで、十年ほど眠っていたようだ」

「……きっとお父様が、処分したのね」

父は愛情深く、セリアに優しかった。

けれど祖父が大切にしていた本をひとつ残らず処分したり、祖父の本を取り上げたりと、厳しいこともする。それは特に魔術に関わる事柄のときに顕著《けんちょ》だ。

「お父様は、魔術や魔術師が嫌いなのかしら」

「想像でしかないが、きっとリィードロス公は君を守ろうとしたのだと思う」

「守る？」

「そう。この国の初代王が、魔術師だったことは知っているだろう？」

「はい。とても強い魔術師だったと」

「だから歴代の国王には、魔力を持っている者が多かったようだ。昔は強い魔力こそが王の証《あかし》だった。何代か前まで、王の子が複数いた場合は、もっとも魔力が強い者が国王に選ばれていたくらいだ。最近は魔力を持つ者が少なくなってきたこともあって、そんな習慣は途絶えていた」

彼は王家の事情に詳しいのか、静かにそう語ってくれる。

「現国王にもサリジャにも、魔力はまったくないからね。だが現国王の父君……前国王が、魔術師を妻にして魔力を復活させようと試《こころ》みたことがあった。伝統や歴史を、とても大切にする王だったという。結局いろいろとあって、次の国王は正妃との子に決まった。しかし現国王は魔力を持たないことに劣等感を抱いていたらしく、サリジャには魔力を持って生まれてほしかったらしい。サリジャに魔力がないとわかったときは、ひどく落胆したそうだ。だからサリジャも国王と同じように、自分の子を魔力持ちにして、父の関心を引きたいのだろう。そんな男にとって、公爵家の娘で、なおかつ魔力を持っている君は妻に最適だ。おまけに公爵家の後ろ盾を得れば、伝統を大切にしている人たちを味方につけることもできる」

「……そんなことを」

セリアは唇を噛《か》む。

王家の伝統を大切にしたいという思いだけならば、こんなにも嫌悪感を抱くことはなかっただろう。

けれど実際に会ってみたサリジャは、自分のことしか考えていないような人間だった。

「だからこそ、リィードロス公は娘が狙われるのではないかと警戒して、魔術に関することを極力、君から排除しようとしたのだろう。わからないのは、そんなリィードロス公がなぜ急にサリジャ側に立ったのかということだな」

「……お父様は変わったわ。昔はあんなことをする人じゃなかったもの」

両手を固く組み合わせ、セリアは俯《うつむ》く。

優しいだけではなく、厳しい面もあったけれど、いつもセリアのことを考えてくれていた。愛してくれていたのに。

いまの父からは、その愛を感じることができない。

「そうだ、これを見てほしい。君のおじい様の本と一緒に手に入れたものだ」

下を向くセリアに、ジェラールは何かを差し出した。

（これは、何かしら。何かの書類のようだけど？）

見てみると、それは魔術について書かれたものだとわかった。走り書きで書かれていて、ところどころに斜線や修正が入っている。

「君のおじい様の本は、まだ続きがあるはずだった。これはおそらく、続刊の下書きのようなものだと思う」

「おじい様の？」

そういえばジェラールは、祖父の本が未完なのが残念だと言っていた。あの本には、続きがあったようだ。

「どうやら国中を回って、魔術師に話を聞いたようで、その覚書《おぼえがき》だ。いずれ彼の遺志を継いで本にしたいと思っていた。だが、なかなか時間が取れなくてこのままだ」

「国中の、魔術師から話を……」

それはセリアにとっても夢だった。きっと叶わないと諦めかけていたことだ。

祖父はそれを実現させようとしていた。

再び嬉しさと羨《うらや》ましさが入りまじった複雑な気持ちになって、セリアは泣き笑いのような顔になる。

「セリア？」

「わたしも夢だったの」

ぽつりとセリアは呟《つぶや》く。

「口述でしか伝えられず、失われていく魔術を本にしたいって。ずっとそう思っていたわ。もう叶わない夢だけど」

「どうして、叶わないと？」

「だって、わたしは公爵家の娘なのよ。自由にできるのは、結婚するまでの間だけ。今回は回避できても、いずれ誰かに嫁《とつ》がなければならないわ。そうしたら、もう魔術書だって読めない」

涙をこらえながらまた俯《うつむ》く。

セリアはまだ、自由にさせてもらえたほうだ。

貴族の家に生まれたせいで、幼い頃から自由を奪われている者はたくさんいるだろう。

「そんなことはない。たとえ結婚したとしても、すべてを諦める必要なんてない」

ジェラールは、俯《うつむ》いていたセリアの頬に軽く触れた。

「そんなことをしたら、もったいない。君はこんなにも聡明《そうめい》なのだから」

「わたしが？」

「ああ。古代魔語を読める者なんて、ほとんどいないよ。よほど魔術が好きで、そのために努力をしたのだとわかる。そんなに好きなことを諦める必要なんてない」

魔術に対する情熱にこれほど理解を示してくれたのは、祖父以外では初めてだ。

顔が熱くなる。それをごまかそうと、セリアは慌てて魔術の資料を手に取った。

「あ、ありがとう……。これ、読んでもいいの？」

「もちろん。君の祖父のものなのだから。整理する暇がなかったから、すこし読みにくいかもしれないけど」

ここにあるのは、セリアが叶えたかった夢の欠片《かけら》だ。

胸の高鳴りを感じながら、それを開いてみる。

ジェラールはセリアがゆっくり読めるように、その場を離れてくれた。ほかの本棚にある本を手に取って広げている。

だからセリアも遠慮することなく、資料に没頭することができた。

それは世界が広がるような、新しい知識の塊《かたまり》だった。

いままで聞いたことのない魔法の数々に、セリアは夢中になって本を読み進める。

(……ん。でも本当にちょっと読みにくいわ。ああ、これの続きはこっちなのね……)

次々と紙をめくり、読みやすいように順番を変える。

ついでに、火や水、風や土など精霊別に魔術の系統も揃えた。

(うん、これでいいわ)

読みやすいようにまとめ、目を通していく。

いつしか、いまが舞踏会の真っ最中であることも父やサリジャのことも忘れて、夢中になっていた。

「セリア?」

どのくらい、そうして読みふけっていただろう。

ふいに名前を呼ぶ声が聞こえてきて、セリアは顔を上げた。

「あ……」

いつのまにか、ジェラールが隣に座ってセリアを覗《のぞ》きこんでいる。

「ああ、資料を整理してくれたのか」

「ごめんなさい。ちょっと読みにくかったから」

「いや、助かるよ。手に入れたのはいいが、整理する時間がまったく取れなくて困っていたんだ。誰かに手伝ってもらおうにも、古代魔語が読める人間じゃないと理解できないものだからね」

ありがとう、と彼はセリアを見つめる。その視線にはいままでになかった熱がこめられているような気がして、恥ずかしくなって視線を逸《そ》らした。

「い、いいえ。大好きな祖父のものだし、わたしも夢だったことだから」

気にしすぎだと思う。それでも頬が赤く染まっているのが、自分でもわかってしまった。

「実は、資料はここだけではなくてね。向こうにも山ほどある。誰かに手伝ってもらえたらと、ずっと思っていた」

（手伝う？　この資料を読んで、失われていく魔術を本にすることを、手伝えるの？）

それはあまりにも魅力的《みりょくてき》な提案だった。

セリアは自分の立場も忘れ、思わず口に出していた。

「わ、わたしでよかったら、手伝いたい」

口に出してから、はっとする。

恋人でもない男性のもとへ通うことなど許されるはずがない。

「ごめんなさい。そんなこと、できるはずがないのに」

意気消沈《いきしょうちん》するセリアとは逆に、ジェラールは機嫌よさそうに笑う。

「いや、そうでもないよ」

彼はセリアに向き直り、手にしていた魔術書を広げた。

「王城からここに来るために、魔術を使って扉をつなげただろう。その魔術が使えれば、君はどこからでも、ここに来ることができる。そうすれば、君はいつだってここの本が読めるし、手が空《あ》いたときにこうして資料を整理してもらえたら、俺としてもとても助かる」

「ここの本を？」

その言葉に、セリアは周囲を見渡した。

視界を埋め尽くす魔術書。毎日読んでも、すべてを読み終えるには何年もかかるだろう。しかもここには、大切な祖父の本もある。

それはあまりにも魅力的《みりょくてき》な言葉だった。

「読んでもいいの？」

「ああ、もちろん。保護魔術はセリア限定で解除しておく」

（毎日、違う魔術書が読める……）

そんな生活は、とてつもなくしあわせだろう。しかも夢だった魔術書作りに携《たずさ》われるのだ。

（そうできたら、どんなに素晴らしいか……）

「あの本も、この資料も、おじい様は本来ならば君に遺《のこ》したかったものだと思う。いろいろな事情があって俺の手に渡ってしまったが、君が手伝ってくれたら、喜ぶのではないだろうか」

「おじい様が……」

大好きだった祖父の面影《おもかげ》を思い出し、セリアは淡《あわ》く笑う。

「おじい様の夢を継ぎたい。わたしに是非、お手伝いさせてください」

このところ沈んでいた心が、久しぶりに高揚する。

そんなセリアに、ジェラールは穏やかに微笑んだ。

「ありがとう、セリア。手伝ってほしいとは言ったが、これは君が継ぐべきものだと思う。この本は君のためのものだし、この資料もすべてそうだ」

「本当に？」

魔術書を書く夢が、祖父とジェラールのおかげで叶うかもしれない。

諦めかけていた夢は、いつのまにかセリアの目の前にあった。

「ああ、もちろんだ。そのために、この魔術を覚えてほしい」

そう言って彼が差し出した魔術書には、長い呪文《じゅもん》が古代魔語で書かれている。

「これは?」

「扉をつなぐ魔術だ。これを使えば、自分の部屋からこの場所に来ることができる」

(さっき使ったとき、呪文《じゅもん》を唱えなかったわ。すごい。彼は完全にこの魔術もマスターしているのね)

それはとても難しい魔術で、読めない単語もいくつかあった。それをジェラールは、丁寧に教えてくれた。

「この図書室と君の部屋を扉でつなぐようにイメージするんだ」

「扉で……」

寝室の扉を想像し、そしてこの図書室の扉とつなぐ。

難しかったが、それを覚えなければこの図書室に来ることはできない。

セリアは必死になって、練習を繰り返す。そしてなんとか、この図書室に通じる扉を開けるようになった。

セリアが開けた扉を見て、ジェラールは感嘆の声を上げる。

「こんなに早く使えるようになるとは。さすがあの人の孫だ」

「ジェラールさんが、わかりやすく教えてくれたからです。ありがとうございます」

見たことのない魔術書が読めるのも、失われようとしている魔術を本にする手伝いができるのも嬉しい。そしてそれ以上に祖父が遺《のこ》した夢を引き継ぐことができるのが、何よりも嬉しかった。

「本当に、ありがとうございます」

「ジェラール、と呼んでくれ。今日から俺たちは同志だ」

礼を繰り返すセリアに、彼はそう言う。

「……ジェラール」

請《こ》われるまま、そっと名前を呼んでみる。

それだけなのに、胸が疼《うず》くような不思議な感覚が広がる。

魔術を語れる「同志」を初めて得ることができて、とても嬉しい。

「ありがとう。あなたに会えてよかった」

心をこめてそう言う。

ジェラールはそんなセリアの言葉に、穏やかな顔で頷《うなず》く。

「これから世話になる。こちらこそよろしく。……さて、そろそろ舞踏会が終わる時間になってしまう。その前に会場に戻らないと、さすがにまずいだろう」

名残惜《なごりお》しくはあるが、あの魔術を使えばいつでもここに来ることができる。

たくさんの魔術書に囲まれた、夢のようなこの場所に。

セリアは立ち上がり、頷《うなず》いた。

「はい」

「さあ、ここから王城まで扉を開いて」

「やってみます」

セリアは扉の前に立ち、覚えたばかりの古代魔語を唱えた。それをジェラールが見守ってくれている。

(なんだか、魔術の先生ができたみたい)

祖父から魔術を学んでいたときのような高揚を、セリアは感じる。

懐《なつ》かしくて温かくて、そして心が浮き立つような気持ちになった。

でも、これで終わりではない。

これからいろんな魔術書が読める。彼と魔術の話もできるだろう。それが心から嬉しいセリアだった。

## 第二章

「ああ、セリア。ずっと探していたのよ」

王城に戻ってジェラールと別れ、セリアは急いで控室《ひかえしつ》に行った。

するとその姿をすぐに見つけて、付添人の親戚の女性が、青ざめた顔で近づいてきた。

「どこに行っていたの？」

「おば様、ごめんなさい。気分が悪くてずっと中庭で休んでいたの。こんなに人がたくさんいるところに出てきたのは、久しぶりだったから」

胸を押さえ、大きく息を吐いてそう言う。

セリアの言葉に、付添人の女性は眉尻を下げる。

「そうだったの。あなたは昔から、身体があまり丈夫ではなかったものね。もう舞踏会は終わるから、このまま帰りましょう」

気遣ってくれる相手に嘘をついたのが心苦しくて、セリアは視線を逸《そ》らす。すると、先ほど別れたばかりのジェラールが歩いてくるのが見えた。

彼も舞踏会の参加者として、最後くらいは顔を出すつもりなのだろう。

会場に向かっていた彼が、セリアのほうを振り向いた。そして目が合うと、優しい笑みを浮かべる。

(ジェラール……)

そんな彼の姿を見た周囲の人間は、驚いたような顔をして振り返り、セリアを見つめた。何やら小声で話し合っている者もいる。

どうして彼らは、そんなに驚いているのだろう。

「まぁ、王弟殿下がこのような舞踏会に参加するなんて、珍しいわね。やはりあの噂は本当なのかしら?」

付添人の女性が彼を見てそう呟《つぶや》く。セリアは驚いて彼女を見た。

「王弟殿下?」

「ええ。こちらを見ていた黒髪の方がいらしたでしょう。あの方よ。そろそろ正式に王太子に指名されるのではないかという噂があるの」

(王弟殿下?　ジェラールが?)

次の王太子候補だと言われている、国王の年の離れた異母弟。

さっきまで親しく会話を交わし、これからは同志だと協力を約束し合った彼が、まさかそんな高貴な人物だとは。セリアは呆然と立ちつくす。

「知らなかったの？」

驚いたように言われ、すこし気まずさを感じながらも頷《うなず》く。

「わたし、いままであまり、こういった場には参加しなかったから」

自《みずか》らの無知を恥じつつ、セリアは動揺を禁じえない。

サリジャの様子では、王弟と敵対しているようだった。もしかしたらジェラールは、リィードロス公爵家とサリジャとの結びつきを警戒しているのかもしれない。

（だからわたしに声をかけたの？　公爵家を王弟側に引きこむために……？）

いくら精霊に愛された魔術師だったとはいえ、簡単に信用しすぎたのではないか。

彼が祖父の本を所有していたのは、本当に偶然だったのだろうか。

一度そう思うと、次から次へと疑念が湧いてくる。

セリアはそれを打ち払うように頭を振った。

（考えすぎ……よね）

ひとまず、サリジャの姿を探す。しかし彼はすでに会場を去っていたらしく、結局お礼は言えなかった。

気持ちが沈んでいくのを感じながら、セリアは王城で付添人の女性と別れ、屋敷に帰ることにした。

帰路の途中、馬車に揺られながら覚えたての魔術を思い出してみる。

扉をつなぐ魔術。あの夢のような図書室へと通じる扉。

(図書室に行けば、また会えるかもしれない……)

ジェラールが王家の事情に詳しいのも、当然だ。彼は王族なのだから。

あまりの失態に、セリアは頭を抱える。いくら世間知らずで不勉強だといっても、自国の王弟に気がつかないなんて、不敬だ。

それにしても、どうして王弟がただひとり、あんな場所にいたのか。

(祖父の資料を見せてくれたのも、わたしを手元に置くため？　どうしよう。わたし、どうしたらいいのかしら)

まさか、サリジャの罠《わな》から逃《のが》れようと思っているうちに、別の罠《わな》にかかってしまったのか。

これからどうすべきか、セリアは頭を悩ませるのだった。

セリアは憂鬱《ゆううつ》な気分のまま屋敷に着く。着替えてから自室で考え事をしていると、父から呼び出しがあった。とても会う気にはなれず、具合が悪くて寝ているとキィーナに伝えてもらう。すると彼女は、父からの伝言を携《たずさ》えて戻ってきた。付添人から連絡があったらしく、父はセリアが舞踏会でサリジャに礼を言わなかったと知り、怒っていたそうだ。

今度、サリジャとふたりきりで会ったら、祖父の魔術書を返してもらえるという。

「……そう。わかったわ」

心配そうなキィーナに返事をし、今日はもう休むと言って退出させる。ひとりになりたいからと告げ、鍵をかけた。これで、よほどのことがない限り、キィーナは部屋に入ってこないだろう。

とても強い疲労を覚えていた。

もう休もうと思い、寝間着に着替えて寝台に潜《もぐ》りこむ。しかし身体は疲れているはずなのに、すこしも眠くならない。

(今日一日で、いろんなことがありすぎたわ)

しばらく静かに横になっていたが、やがて眠ることを諦めて、寝台から抜け出した。

セリアのための部屋は全部で三つある。寝室と、静かに本を読んだりして過ごす私室、そして来訪者に会うための応接間だ。

セリアはその寝室から私室に向かう扉の前に立った。ネグリジェ姿で人に会うのはマナー違反だが、ひとりでドレスに着替えることはできない。セリアはせめてでもと思い、ストールを羽織《はお》った。

（この扉から、あの図書室に行ける）

ジェラールが王弟だと気がつかなかったことは、早いうちに謝るべきだろう。それに……

（ジェラールの考えを、しっかりと聞いたほうがいいのかもしれない）

いろいろなことを考えたが、すべてセリアの想像でしかない。祖父の遺《のこ》した夢を継ぎたいのならば、きちんと彼と話し合うべきだ。

しばらく考えこんでいたセリアは、やがて決意を固めて顔を上げると、覚えたばかりの呪文《じゅもん》を唱えた。

扉が開く。

真剣な顔をして、その扉を潜《くぐ》り抜ける。

きっと彼はいるだろう。そんな予感があった。

（眩《まぶ》しい……）

向こう側から差しこんできた光が、セリアを照らし出す。

「セリア？　さっそく来てくれたようだね」

そう言ってセリアを迎えてくれたのは、ジェラールだった。

彼は椅子に座り、魔術書を広げていた。舞踏会で会ったときとは違い、くつろいだ恰好をしている。

「ジェラール」

「どうした？　早く入らないと魔術が解けてしまう」

そう促《うなが》され、セリアは素直に従《したが》って図書室に足を踏み入れた。

燭台《しょくだい》はないのに、部屋は昼間のように明るい。

（光の魔術だわ）

淡《あわ》い、優しい光だった。

（すこし、暖かい……）

光は夜の闇だけではなく、冷気までも遠ざけてくれたようだ。

「こんな恰好でごめんなさい。侍女に知られずに来るために、着替えられなくて」

「そんなことは、気にしなくていい」

ジェラールは開いていた本を閉じると、立ち上がる。その動作は優雅で、さすが王弟だと頭の隅で考える。

「資料の整理をしに？　それとも魔術書を読みに？」

ジェラールに向かって、首を横に振る。覚悟を決めるように何度か深呼吸をすると、口を開いた。

「いいえ、どちらでもないわ。あなたと、お話がしたかったの」

本来は王族にこんなくだけた話し方をすべきではないが、ジェラールと呼んでと言った彼の姿が本当なら、構わないだろう。

「俺と？」

こくりと頷《うなず》くと、ジェラールは不思議そうな顔をする。

「不勉強で、あなたが王弟殿下だと気がつかず、ごめんなさい。親戚から聞いて、とても驚いたわ。大変失礼なことをして……」

彼は穏やかに微笑んで言う。

「俺こそ、はっきりと伝えずにいて、申し訳なかった。……俺が王弟だと言わなかったのは、警戒されると思ったからだ。もしかして君は俺が王弟だと気がついていないのかもしれない、とは思っていてね。いつ言おうかと考えているうちに、君の事情を聞いてタイミングを失ってしまった。知れば、君は俺がサリジャと対立しているから、自分に手を貸すのだと思うんじゃないかと思って」

「……そうではないと？」

ジェラールが王弟だと知ったとき、たしかにセリアはそう考えた。

けれど彼は、静かにそれを否定する。

「違う。ただ、君のおじい様の本に感銘《かんめい》を受けて、あれを未完成のまま放っておきたくなかった。どうしたものかと思っていたところで、偶然君に出会ったんだ。面識もない俺がやるよりも、最愛の孫に手伝ってもらったほうが、君のおじい様も喜ぶだろう。だからこの図書室に誘ったんだよ。どうしても俺が信じられないのならば、この本も資料もすべて君が持っていけばいい」

彼の目はまっすぐにセリアを見つめていた。嘘を言っているようには見えない。

あまりに曇《くも》りのない瞳に、セリアは申し訳なくなって俯《うつむ》いた。

「信じられないわけではないの。……ごめんなさい」

彼はセリアの頭に手を伸ばし、その金色の髪に優しく触れた。

「誓って、黙っていようと思ったわけではないよ。俺の名前と、魔術師ということで、気づかれると思っていた。魔術師なんて、そう何人もいないからね」

彼の言葉から察すると、王弟が魔術師であるというのも、よく知られた話なのだろう。

「ご、ごめんなさい。わたしの勉強不足で」

「まぁ……数年前にサリジャが廃嫡《はいちゃく》されるまで、俺は忘れられた存在だったからね。母

も早くに亡くしたから、ほとんどひとりきりだった。あまり表に出ず、この図書室にこもって魔術の研究ばかりしていた」

視線を図書室内にめぐらせて、彼はそう言う。

きっと寂しい子ども時代だったのだろうと思わせるような、切なさのにじむ声だった。母がいなかった、自分の子ども時代を思い出す。

セリアには、魔術に没頭していた彼の気持ちが、なんとなくわかる気がした。

「まあ、でも」

ふいに、雰囲気を変えるように明るい声でそう言い、ジェラールは悪戯《いたずら》っ子《こ》みたいな顔で笑った。

「サリジャの名前は知っているのに、俺のことは知らないのかとすこし残念だったよ」

「それは……お父様から聞いていたから。あ、あなたのことも聞いたことがある。とても頭のいい人だと」

慌ててそう言うセリアを見て、ジェラールはさらに楽しげに笑った。しんみりとしていたセリアは、すこし恨《うら》みがましい目で彼を見る。

「わたしのこと、からかっているのね」

「そんなことはない。大切な同志を、からかったりなんかしないさ」

「……同志」

セリアは小さく呟《つぶや》いた。

ジェラールが口にしたその言葉は、親愛の情を含んでいる気がした。

それに、彼が嘘をつけば精霊に嫌われてしまうのだ、と思い出す。彼のことを信じてもいいだろう。

(思い切って聞いてみてよかった)

彼が表舞台に出るまで過ごしていた日々は、いまのセリアの生活とまったく同じものだ。幼くして母を亡くしたという共通点もある。こうして話をしていると、王弟という身分の高さもあまり感じない。そして男性とあまり接したことがないセリアでも、緊張せずに話すことができる。

同じ夢を持つ、同志。

彼との関係はその言葉が一番、違和感がないのかもしれない。

「せっかく来たんだ。魔術書を読んでいくか？　借りていってもいいよ。自室のほうが、ゆっくり読めるだろう？」

ジェラールの言葉に、セリアは考えこむ。ここに来た目的はすでに果たせたが、もうすこしここ――彼のそばにいたい気分だった。

「あの、今日は資料の整理をさせてもらってもいいかしら？」

「ああ、もちろん」

セリアは資料を持ち出して、机の上に広げた。ジェラールは読んでいた魔術書を広げ、時折考えこんでは、何かを書き留める。

ほかには誰もいない、ふたりだけの空間。

視界を埋め尽くす本棚。

視線を上に向けると、天窓からは淡《あわ》く輝く月が見えた。

夜であるにもかかわらず、室内は魔術の光に包まれて昼間のように明るい。

（誰かと一緒にこんなふうに過ごす日が来るなんて、思わなかったわ）

最近、ずっと不安だった。魔術の勉強をしていても、焦りだけが募《つの》っていた。

それなのにいまは、自分でも驚くほど胸が高鳴っている。

セリアは時間も忘れて、熱中していた。

「……ああ、もう真夜中過ぎだ」

随分時間が経過していることに気がついたのは、ジェラールのほうだった。そろそろ帰ったほうがいいと優しく諭《さと》され、セリアは頷《うなず》く。

「夜中までお邪魔してごめんなさい。今日はいろいろとありがとうございました」

扉の前でお礼を言うと、ジェラールは「こちらこそ」と笑う。

「そういえば、部屋にはいつも、侍女が待機しているのか？」

「ううん。わたし、寝るときはいつもひとりになりたいから、部屋に鍵をかけているの」

「そうか。だったら寝室とここをつなげても大丈夫だね」

セリアは扉に向かって魔術の呪文《じゅもん》を唱える。

扉は無事に、見慣れた自分の部屋に通じたようだ。

振り返り、ジェラールを見上げると、彼は魔術の成功を喜ぶように笑顔を向けてくれた。

「おやすみ、セリア」

「……おやすみなさい」

小さく挨拶《あいさつ》を交わし、扉を閉めようとした。

「ジェラール？」

ふと彼が、何か言いたそうな顔でこちらを見ていることに気がついて、セリアは手を止める。

「どうしたの？」

「……いや、なんでもない。また会おう」

そう言ってジェラールは、向こう側から扉を閉めた。

部屋は瞬時に暗闇に包まれる。

（ジェラール？）

彼は何を言いたかったのだろう。

閉ざされた扉の前で、セリアはしばらく立ち尽くしていた。


朝の光が眩《まぶ》しい。

カーテンの隙間から差しこむ太陽の光に目を細める。

寝不足のまま朝を迎えたセリアは、ぼんやりとその光を浴びながら、寝台の上に座っていた。

（……あまり眠れなかったわ）

昨日一日でいろいろなことがありすぎて、ほとんど眠れなかった。そのままの姿で呆然としていると、やがてキィーナがやってきて、着替えを手伝ってくれる。

「セリア様？」

「えっ？」

時々話しかけられていたようだが、頭に入らず、何度も聞き返してしまう。

「お加減が悪いようですね」

心配そうなキィーナには申し訳ないと思うが、すこし寝不足なだけだ。医者を呼ぶという言葉に首を横に振って、正直に答える。

「大丈夫よ。昨日の夜、いろいろと考えていたら眠れなくなってしまって。ただ、それだけなの」

そう答えると、忙しく動いていたキィーナの手が止まる。

「今日は公爵様もいらっしゃいませんし、家庭教師も来ない日です。一日ゆっくりとお休みになられてはいかがですか」

「お父様はいないのね。……ええ、そうするわ」

父がいないのならば、気が楽だ。

そう考えた途端に、セリアは悲しくなった。

(前は、お父様がいない日は寂しく思っていたのに)

変わってしまった関係がとても切ない。

簡単な部屋着に着替え直し、朝食は紅茶とフルーツだけを口にして、セリアは寝室にこもることにする。

「ゆっくり休みたいから、昼食はいらないわ。夕方になったら起きます」

そう言って部屋に鍵をかけた。

何かあったときのためにキィーナは合鍵を持っているが、こうしてひとりになりたいと言ったときは、よほどのことがない限り部屋に近寄らない。父もいない今日ならば、急な呼び出しもないだろう。

セリアはキィーナの気配が遠ざかったことを確認して、決意を表すかのように頷《うなず》いた。

「……うん」

(ごめんね、キィーナ。心配してくれたのに)

寝不足だったけれど、このまま寝るつもりはなかった。かけたばかりの鍵をゆっくりと開け、呪文《じゅもん》を唱える。もちろん、図書室とつなげる呪文《じゅもん》だ。

昨日別れたときに見た、ジェラールの目。

何か言いたげな彼の視線が、どうしても気になったのだ。

彼と会っても、それをどう尋ねたらいいのかはわからない。しかし、それでもジェラールに会いたかった。

(もしかしたら、ジェラールはいないかもしれないけど)

王弟たる彼はとても忙しいだろうし、図書室にいる可能性は低かったが、いないようだったら魔術の資料を整理していればいい。そう思いながら、扉を開ける。

図書室は静まり返っていた。

（やっぱりいない、よね）

セリアはがっくりと肩を落とす。

朝の光が、誰もいない図書室を照らしている。

思っていた以上に気落ちする自分の心に戸惑いながら、そのまま足を踏み入れた。

心細さを吹き飛ばすように首を横に振り、セリアは資料の詰まった棚の前に立つ。昨日の続きの資料を選ぶと、それを机の上に運んだ。そして気持ちを切り替えて大きく深呼吸し、資料整理に没頭したのだった。

どのくらい、そうして作業していただろう。ひと息ついたときには、大きい机の上は整理を終えた資料の山になっていた。

「うん、だいぶ進んだわ」

聞いたことのない魔術に、文書を通して数多く触れることができた。疲れていたが、それはとても心地いいものだった。

「あとはこれをそれぞれまとめて……。その前に、すこしだけ休憩」

椅子から立ち上がると、大きく背伸びをする。

（あそこでちょっとだけ、休ませてもらおうかな）

図書室の隅には、大きな長椅子があった。ふかふかで、とても座り心地がよさそうだ。長椅子に腰かけると、柔らかなクッションがセリアの身体を包みこむ。長椅子はセリアが横になっても充分な大きさだ。

長椅子に寝転がるなんてはしたないと思いながらも、疲れに勝てずに横たわる。

途端に、小さなあくびが出た。

(さすがに、疲れたわ)

昨晩、ほとんど眠っていないのだ。

すぐに瞼《まぶた》が落ちていく。セリアはたちまち意識を手放してしまった。

次に目覚めた瞬間、天窓から差しこむ赤い光が見えた。

(赤い日差し……夕焼け？　わたし、眠ってしまったのね)

静かな図書室は、一面赤色に染まっていた。時刻はもう夕刻だと悟《さと》り、セリアは飛び起きる。

そして眠気を振り切るように頭を振った。

セリアは立ち上がり、周囲を見渡す。

そろそろ戻らないとまずいだろう。

夕方までは放っておいてほしいとは言ったが、キィーナはまだ呼びにきていないだろうか。もしセリアが部屋にいないと知られたら、騒ぎになってしまう。

そんなふうに慌てていたセリアの目に、人影が映る。

（あ……）

夕陽が差しこむ図書室で魔術書を広げ、真剣な眼差《まなざ》しで読みふけるジェラールの姿があった。

集中しているのか、セリアが起きたことにも気づいた様子はない。その横顔に、思わず見入ってしまう。

物事に真剣に取り組んでいる人は美しいと思う。

彼は容貌《ようぼう》も整っているが、そうでなくともこの美しさは変わることはないだろう。

（わたしも、もっと勉強して、おじい様の本を完成させるためにがんばらないと）

そう決意を新たにした。

「うん、がんばるわ」

思わず声を上げてしまい、慌てて口を塞《ふさ》ぐ。

「ああ、セリア。起きたか？」

その声に振り向いて、ジェラールはそう言った。

「ごめんなさい。邪魔をしてしまって」

「大丈夫だ。ところで何をがんばるんだ？」

「いえ、あの」

（やっぱり聞こえたよね？　恥ずかしい）

ジェラールは机の上に視線を移す。そこにはセリアがまとめた資料が、山になっている。

「あぁ、これのことか。随分進んだようだね」

「でも、まだ途中なの。すこし休憩するだけのつもりが、眠ってしまって。もっとがんばらなきゃと思っていたの」

そう答えると、ジェラールは目を細めた。

「あまり無理をしてはだめだよ。時間はまだある。それに――」

彼は何かを言いかけて、また口を閉じてしまう。その先がどうしても気になって、セリアはジェラールの腕に触れた。

「セリア？」

自分から男性に触れるなんて、はしたないことだとわかっている。

でも昨日の夜からずっと気になっていたのだ。

「ジェラール、何か、気になることでもあるの？」

どうやって聞いたらいいのか迷った挙げ句、口から出たのはそんな言葉だった。

「いや、なんでもないよ――あぁ、マズい。今日はもう帰ったほうがいい。探知魔術によると、誰かが、君の部屋に向かっているようだから」

「ジェラールはそんなことまでできるの⁉ きっと侍女のキィーナだわ。戻らないと」

彼の答えはもらえていない。それでもキィーナが部屋に向かっていると聞けば、帰らないわけにはいかない。

「戻ります。あの資料はそのままにしておいてください。明日、必ず仕上げますから」

セリアが慌ててそう言うと、ジェラールは頷《うなず》いた。

「ああ、わかった。でも無理はしないように」

セリアは魔術を使い、自分の部屋に戻る。

キィーナがやってきたのは、それから一分もしないうちだった。

（よかった……。間に合って）

ゆっくり休めたからもう大丈夫だと、心配するキィーナに言う。

けれどジェラールの、何か言いたげな目が頭から離れず、その夜もまた寝不足になってしまうのだった。

それからセリアは毎日のように図書室に通い、何度かジェラールと一緒の時間を過ごした。

会話は少なく、彼のあの目の理由も聞けていない。けれど、彼と一緒にいると、なぜか沈黙さえも心地よい。

でもこれは、期間限定の関係。

あれ以来、父は何も言ってこないが、セリアの立場は変わっていない。いつか父の決めた人と結婚することになる。ジェラールも、そう遠くない未来この国の王太子となるだろう。彼とサリジャのどちらが国王にふさわしいかなんて、誰だってわかる。そうなれば、もう会うこともなくなるに違いない。

当然のことなのに、そう考えるとセリアの胸は痛むのだった。

ジェラールと出会ってから、もうすでに半月ほど経過していた。

セリアは、父のいない日は決まって夕方まで図書室にこもっている。

そのため資料の整理も随分進んだ。

セリアがサリジャに会っていないから形見の本はまだ返してもらっていないが、父はあれから無理を言ってきていない。仕事が忙しくてほとんど帰らず、たまに屋敷で会っても挨拶《あいさつ》を交わすくらいだ。

この日セリアは、夜になってから図書室に行き、難解な古代魔語を辞書を片手に翻訳していた。今日は珍しくジェラールもいた。彼はひとりで静かに魔術書を開いている。

彼は忙しいらしく、夜以外はほとんど図書室に来なかった。それも、セリアがそろそろ帰ろうかと思うような深夜に来ることが多い。

いつ休んでいるのか心配だったが、ジェラールが疲れた顔をしていたことは一度もない。それでも心配になり、時々彼をじっと見つめてしまう。そんな自分に気がつき、セリアはハッとする。

(いけない。集中しないと)

セリアは祖父が遺《のこ》した資料を手に取り、読み進める。

読めない単語を辞書で調べたセリアは、その文字の意味を知り、首を傾《かし》げる。

(氷の魔術……。雪と氷って、どんなものなのかしら?)

王都は温暖な気候だ。冬になってもすこし寒くなるくらいで、雪は降らない。屋敷からほとんど出たことがないセリアは、凍《こご》えるような寒さも知らなかった。

祖父は見たのだろうか。雪と氷に閉ざされた北の地を。

セリアは、祖父の筆跡をなぞって考える。

「どうした？　手が止まっている。何かわからないことでもあるのか？」

顔の近くで声が聞こえ、セリアは驚いてびくりと身体を震わせる。

ジェラールはすぐそばで、彼女が手にしている資料を覗《のぞ》きこんでいた。

「氷の魔術か」

その資料を読んだ彼は、これがどうかしたのかと見つめてくる。

「あ、雪を見たことがないから、どんな感じなのかな、と思って」

「そうか、雪か」

何かを思い出すように、ジェラールの視線が遠くなる。

彼はきっと、雪を見たことがあるのだろう。ジェラールほどの魔術師ならば、きっとどこにでも行ける。

（わたしはだめね。人を、羨《うらや》んでばかりで）

憧れが強すぎて、自分自身の力不足が悔しくてたまらない。祖父やジェラールのように、その域に到達した人をどうしても羨《うらや》んでしまう。

（このままではだめ。わたしは、人を羨《うらや》むばかりの人間にはなりたくない。いまはこうして、勉強できる時間と場所を与えてもらったのだもの。がんばらなくちゃ）

自分自身の力で、努力でその域まで到達したい。

内心でそう決意を固めるセリアに、ジェラールは手を差し伸べた。

「雪を、見に行くか？」

「え？」

「去年、俺も君と同じように、その資料を見て雪が見たいと思った。とはいえ、そう何日も留守にするわけにはいかなかったから、毎日すこしずつ移動して北を目指したものだ。一度行ったから、いまなら、魔術を使えば扉ひとつで北まで行ける」

雪を見てみたい。

そうすればきっと、氷の魔術を使えるようになる。

彼に甘えることに抵抗はあったが、祖父が遺《のこ》した未完の本を完成させるには、知識だけではだめだ。

「ごめんなさい。いまのわたしには、何も返せるものがないけれど、それでも見てみたい。連れていって」

差し伸べられたジェラールの手を握《にぎ》ると、彼は微笑んだ。

「かまわないさ。魔術は、伝えられていくもの。君の祖父が遺《のこ》した資料を見て、雪が見たいと思った。それを今度は君に見せる。魔術の正しい伝え方だと思う」

セリアの手を握《にぎ》ったまま、ジェラールは扉に近づくと、それを開く。

呪文《じゅもん》もなく開かれる扉。

そこには、いままで見たこともないような光景が広がっていた。

真正面にそびえたつ、真っ白な山。

風が強く吹き、降り積もった白い雪を空に舞《ま》い上げる。

視界はたちまち白く染まり、目の前にあった山さえも見えなくなる。

荒々しい自然の凄《すさ》まじさに、セリアは思わずジェラールにしがみついた。

「大丈夫。雪がこの部屋に入りこんでくることはない」

「すごい……雪に触れてみたいわ。外に出てもいい？」

「それはあまり、おすすめできないな。きっと君の身体はもたないだろう。俺でさえ、この雪の中を進んだあとは、一週間くらい寝こんでしまったからね」

そう笑うと、彼はセリアの手を離し、扉の向こうに手を伸ばした。その一瞬で、彼の手はたちまち雪に塗《まみ》れて真っ白になってしまう。

「冷たいから、気をつけて」

そう言って目の前に差し出されたジェラールの手に、セリアはそっと触れる。

（冷たい……。こんなに冷たいの？）

触れたセリアの白い指が、赤く染まる。痛みを感じるくらいの冷たさに驚きながらも、白く染まったジェラールの手を、セリアは両手で包む。

「だめだ、濡《ぬ》れてしまうよ」

「だってわたしのために、こんなに冷たくなってしまって。ごめんなさい」

「気にすることはない。魔術師を育てるのも、魔術師の役目だ」

そう言う彼の微笑みの優しさに、頬が熱くなる。

「ありがとう。きっとおじい様の本を、完成させてみせるわ」

「ああ、期待している」

セリアの背に、ジェラールのもう片方の腕が回される。

それはほんの一瞬だったけれど、包みこむように抱きしめてくれた。

胸がドキドキと高鳴り、セリアは戸惑う。

優しくて、温かい腕だった。


それからも、セリアが見たことのない景色を、彼はたくさん見せてくれた。

どこまでも広がる壮大な海。地平線というものを、生まれて初めて見た。

世界が壊れてしまうかと思うほどの、激しい雷雨も見た。

どの光景にも壮大で美しく、ときには荒々しいほど躍動的《やくどうてき》な精霊の力を感じた。

それを感じてから、魔術の成功率が飛躍的《ひやくてき》に上がっている。ひとえに彼がいろいろな景色を見せてくれたおかげだろう。

（わたしもいつか、各地を回ってたくさんの魔術師に直接話を聞いてみたい）

もしジェラールと一緒に行けたなら、とセリアは想像する。

ふたりで一緒に国中を回る姿を想像して、思わず笑みを浮かべた。

（きっと楽しいわ。扉をつなぐ魔術を使えば、どんなに遠くだって行けるもの）

いくら魔術が使えても、セリアひとりで旅をするのは無理だろう。

行ったことのない場所には扉の魔術は使えないし、自分が貴族の令嬢の中でも、特に世間知らずだという自覚はあった。本を読んでばかりで、ほとんど外に出たことがないのだ。けれどジェラールと一緒ならば、どんな場所にでも行けるような気がする。

そこまで考えて、セリアは我に返る。

（そんなこと、不可能だわ）

貴族の女性が、夫でもない男と旅をするなんて、許されるはずがない。

それに、相手は王弟殿下だ。考えるだけでも畏《おそ》れ多い。

（図書室の中だからこそ、ふたりきりでいることが許されるのに）

この図書室は、ジェラールが魔力で広げた空間の中にあり、一般の人が来ることはできない。そんな場所だから、こうしてふたりきりで過ごすことができるのだ。

ここには祖父が遺《のこ》した本も資料も、そしてなんでも惜《お》しみなく教えてくれるジェラールがいる。

父との関係が悪くなってから、生まれ育った屋敷は安らげる場所ではなくなっていた。父の機嫌をうかがいながら過ごし、寝静まった深夜だけが自分のための時間だった。

でもいまはこうして好きなだけ本が読めるし、夢に向かって確実に進むことができる。

何もかもジェラールのおかげだ。

そんな相手に、セリアが憧れめいた気持ちを抱くまで、そう時間はかからなかった。

(もしかしたら最初から——彼が精霊をまとってわたしの前に現れたときから、彼のことを好きになっていたのかもしれない)

そんなことまで考えてしまい、セリアは慌てて首を横に振る。

この思いは、憧れとして胸に仕舞っておくべきだ。

「さて、魔術の練習を始めないと」

セリアは自室の机の前に立ち、深呼吸をしてから空《から》のカップに手を翳《かざ》す。

湧きだす水をイメージすると、カップはたちまち水で満たされた。

「次は凍らせて……」

今度は水の温度が下がり、その表面に薄い氷の膜が現れる。ほんの数秒で、水は凍りついた。

これは屋敷の中で魔術の練習があまりできないセリアに、ジェラールが教えてくれた訓練法だった。こうしていつでも基本の魔術を使えるようにしておけば、いざというときに大きな魔術も使えるようになるのだという。

「大切なのはイメージ。次は……」

氷を水に戻し、さらに蒸発させる。

この部分で、セリアは何日もつまずいていた。

氷を水に戻すのは簡単だが、そこから蒸発するほど温度を上げることができない。続けていてもお湯になるだけで、それ以上変わらないままだ。

「難しいわ。水分が蒸発するほどの熱。火で熱するイメージだけではだめなのかしら？」

セリアがイメージしているのは、火にかけられた鍋。

それ以上のものを、なかなか想像することができなかった。

お湯で満たされたカップを見てため息をつき、セリアは壁に貼られている世界地図を見つめる。（水が蒸発するほどの灼熱《しゃくねつ》の地って、あるの？　どんな光景なのかしら）

「図書室で調べなくては」

今日は父は不在で、キィーナも早くに退出した。こんなときこそしっかりと勉強しようと、セリアは扉を開く。

ほぼ毎日使っている魔術だ。もうマスターしたので、呪文《じゅもん》を唱える必要はなかった。いつものように扉の向こう側には、見慣れた風景が広がっているはずだった。

それなのに――

「え?」

目の前に広がった予想外の景色に、セリアは立ち尽くした。

肌に突き刺さる、強い陽の光。

息ができなくなるくらいの熱を感じ、思わず目を閉じる。

(な、なに? どうなったの?)

その瞬間に強い風が吹き、バランスを崩して扉の外へ倒れこむ。

「――きゃあ!」

地についた手のひらが、焼けるように熱い。吹きつける風から顔を腕でかばいながら、なんとか起き上がると、視界は茶色で埋め尽くされていた。

(これは砂? ここはどこ? 砂漠なの?)

強すぎる太陽が、セリアの肌を容赦《ようしゃ》なく焼く。白い肌はたちまち赤くなり、痛みを感じるほどだった。強い風で舞《ま》い上がった砂が、セリアの全身を叩く。

「――ッ！」

息もつけないほどの衝撃だった。

ドレスの袖のレースを千切《ちぎ》って口元に当て、砂の猛威《もうい》から呼吸を守る。

（扉をつなげる魔術を、失敗したのね）

本当ならば行ったことがある場所しか行けないはずの、扉の魔術。

けれど呪文《じゅもん》も唱えず、灼熱《しゃくねつ》の地を思い描いていたこともあって、こんなところに飛ばされてしまったのだろう。ひどい失敗だ。

繊細《せんさい》なレースで彩《いろど》られたドレスでは砂嵐から身を守ることはできず、セリアはたちまち砂に塗《まみ》れていく。

（早く、戻らないと）

このままでは灼熱《しゃくねつ》の太陽と砂嵐で体力がどんどん奪われてしまうだけだ。

なんとか身体を起こして振り向いたセリアは、愕然《がくぜん》とした。

（そんな……）

扉が消えていたのだ。

予想外の事態、そしてこの過酷な気候に、扉を維持することができなかったらしい。

セリアはまだ、扉を自分で作り出して空間をつなげることはできない。

(どうしよう。どうしたらいいの?)

呆然と立ち尽くすセリアに、太陽は容赦《ようしゃ》なく照りつける。

魔術を使おうにも、息をするのがやっとのこの状況では、呪文《じゅもん》を唱えることもできない。

白い肌は火傷《やけど》のような痛みを訴《うった》えている。

喉《のど》が渇く。水を作り出そうとして、何度も失敗を繰り返した。

(もう、だめ……)

扉を出そうとしたり、せめて日陰でも作れないかと奮闘してもみた。しかし三十分もしないうちに、目も開けられなくなった。セリアの身体はもうすでに限界だ。

眩暈《めまい》がして、身体から力が抜けていく。

力なく座りこんだ砂の上も、火傷《やけど》してしまいそうなほど熱い。

扉をつなぐ魔術。

最初は呪文《じゅもん》を覚えることも大変だったのに、毎日のように使っていて、油断してしまった。

そう反省するほんのすこしの時間で、全身が砂に埋まっていく。

でももう、抜け出す気力もなかった。

ここで人知れず、朽《く》ち果《は》ててしまうのだろうか。

(お父様、キィーナ……ごめんなさい)

こぼれ落ちた涙も、たちまち砂に塗《まみ》れて消えていく。

(ジェラール……)

いま目を閉じてしまえば、このまま、目覚めないかもしれない。

そう思いながら、セリアは目を閉じた。

意識を手放す瞬間に思ったのは、大切な同志であり、淡《あわ》い恋心を抱くジェラールのことだった。

それからどれくらいの時間が経ったのだろう。

頬に冷たいものが押し当てられ、セリアは目を覚ました。

「……っ」

過酷な陽射しを浴び、火傷《やけど》のような状態になった肌に、それはとても心地よかった。

(わたし、生きているの?)

ゆっくりと目を開けると、ジェラールが心配そうにセリアを見つめていた。

「ジェラール」

彼の顔を見た途端、目から涙が溢《あふ》れる。

「怖かった……」

「もう大丈夫だ。何も心配しなくていい」

魔術を失敗したセリアを咎《とが》めることもなく、ジェラールは優しくセリアの髪を撫《な》でてくれる。

「いま、治癒《ちゆ》魔術をかける。すぐによくなるから」

ジェラールがセリアに向かって手を翳《かざ》し、長い呪文《じゅもん》を唱えた。

全身が火傷《やけど》状態になっているようでひどく痛んでいたが、それがたちまち癒《い》えていく。

赤く爛《ただ》れていた肌が、もとの白くなめらかなものに戻った。

痛みが消えて、ようやく息をつく。

周囲を見渡してみれば、ここはジェラールが作り出した図書室の中だった。セリアは大きな長椅子の上に横たえられていた。砂に塗《まみ》れていたはずの髪も、砂嵐でぼろぼろになってしまったはずのドレスも、元通りだ。

礼を言おうとしてジェラールを見ると、彼は安堵《あんど》したのか、深いため息をついた。

「ごめんなさい、心配をかけてしまって」

どこかもわからない、灼熱《しゃくねつ》の地にたどり着いてしまった自分を、ジェラールはどうやって探し出してくれたのだろう。

尋ねようとして、セリアは彼がひどく青ざめた顔をしていることに気がついた。

「ジェラール？」

「大丈夫。すこし、魔力を使いすぎただけだ」

「そんな……」

とてもではないが、大丈夫そうには見えなかった。

セリアは長椅子から起き上がると、ジェラールを必死に促《うなが》してそこに座らせる。その隣に座ると、彼を支えるように寄り添った。

「わたしのせいで、ごめんなさい」

涙声でそう謝罪すると、彼は青い顔のまま優しく笑う。

「たいしたことはない。心配しなくてもいいよ」

「でも……」

彼の魔力は相当大きかったはずだ。

それが、こんな状態になるまで使ったのだから、かなり負担をかけたのだろう。

セリアが砂漠に放り出されたとき、ジェラールは偶然図書室にいたらしい。そこでセリアの悲鳴のような声が聞こえたという。そこからセリアの魔力をたどって探し出すために、随分奔走《ほんそう》してくれたようだ。

扉の魔術は本来、行った場所にしか扉を開けない。

あの広大な砂漠でセリアを探すのは、とても大変だっただろう。

思わず触れたジェラールの手は、氷のように冷え切っていた。それを温めるべく、セリアは両手で包みこむ。そんなセリアの肩に寄りかかり、彼はぽつりと呟《つぶや》いた。

「無事で、よかった」

絞《しぼ》り出すような声に、胸が熱くなる。

もしジェラールが助け出してくれなかったら、セリアは砂漠で命を失っていただろう。

「ありがとう。わたしの命を救ってくれて……」

その日、セリアはジェラールが回復するまでずっと、彼の手を握《にぎ》っていた。

あれほどの体験をしたにもかかわらず、翌朝、セリアはいつものように目覚めた。

身体を起こしてみても、痛みはどこにも感じない。

ほとんどの魔術を無詠唱で使うジェラールが、長い呪文《じゅもん》を唱えて治癒《ちゆ》魔術を使ってくれたのだ。怪我を治すだけでなく、衣服まで元通りにしてくれた。セリアが覚えている一般の治癒《ちゆ》魔術ではそこまではできないから、特別な魔術だったのだろう。

セリアは寝台から起き上がり、サイドテーブルの上に置かれていた水差しからコップに水を注《つ》ぐ。渇いた喉《のど》を潤《うるお》すと、コップを机に置いた。まだ水は半分ほど残っている。

――昨日経験したのは、水分がすべて、蒸発してしまうほどの灼熱《しゃくねつ》。

それを思い描きながら手をかざすと、水はたちまち蒸発する。

あれほど苦労していた魔術が、一度の体験でここまで使えるようになるなんて、驚きだった。

（やっぱり魔術って、経験が重要なのね）

とはいえ普通は、きちんと準備をしてから挑《いど》むものだ。セリアのように魔術の失敗であんな過酷な地に飛ばされてしまうのは、例を見ないことらしい。

今後、扉の魔術を使うときは必ず呪文《じゅもん》を使うようにと、ジェラールにも言われた。呪《じゅ》文《もん》を唱えることによって意識を魔術だけに集中させ、失敗を防ぐことができるそうだ。

（……ジェラール）

砂に埋もれて死んでしまうのではないかと思ったとき、セリアの胸を占めていたのはジェラールのことだった。

恋心は、いつのまにかたしかなものになっていた。

（早くジェラールに会いたい）

今日は父がいたので、図書室に行くには、夜まで待たなくてはならない。

セリアは待ちきれずにうずうずする。大好きな歴史の授業もほとんど頭に入ってこない。今日の授業が全部終わると夕食さえ断って、気分が悪いからと早々に寝室に入り、扉の前に立った。

「扉の魔術……。うん、大丈夫よね」

呪文《じゅもん》を慎重《しんちょう》に唱え、扉を開く。

目の前に見慣れた本棚が広がって、安堵《あんど》した。

(それにしても、図書室を作り出せるほどの魔術まで使いこなしてしまうなんて、ジェラールは本当にすごい魔術師ね)

この図書室の広さは、ジェラールが広げた空間の大きさだ。ますます尊敬の念を抱く。

そのときセリアは、室内に珍しくジェラールがいることに気がついた。

「今日は早いのね」

満面の笑みでそう語りかけると、彼も笑みを返す。

「ああ、すこし時間ができたからね」

そう言って読んでいた魔術書を閉じたジェラールは、静かにセリアを見つめる。その視線がいつもと違う気がした。

声をかけられたジェラールは、ひどく切なそうに視線を逸《そ》らす。

「どうしたの？」

「ジェラール？」

どうしてそんな目をするのだろう。その目で見つめられたセリアの胸も、切なく疼《うず》いてしまう。

「何か気にかかることがあるの？」

いつもと様子が違う。

答えないジェラールに、また問いかける。

「調子が悪いの？」

自分を助けたせいで、かなり無理をしたのではないか。

不安になってそう尋ねると、彼は首を振る。

「いや、もう大丈夫だ。ただ、もしセリアを失ってしまっていたら、きっと俺は死ぬまで自分を許すことができなかっただろう。本当に無事でよかったと、思ったんだ」

手を差し伸べられ、セリアは彼の隣に座る。

「わたしも、もうだめかもしれないと思ったとき、考えたのはジェラールのことだったわ」

間近にあるジェラールの顔を見つめる。

整った綺麗な顔立ちに、艶《つや》やかな長い黒髪。魔術の知識も豊富で、セリアの夢をいくつも叶えてくれたジェラール。

彼ならば、結婚しても、本を読むなとはけっして言わない。この先もずっと、ふたりで本を読み、魔術を教わったり資料を整理したりして過ごせたら、どんなに楽しいだろう。

「ジェラールに会うことができなかったら、きっと、未来に絶望して、ほかの人を羨《うらや》むだけの人生を送っていたと思う。あなたはわたしの世界を広げてくれた。夢をいくつも叶えてくれた。そしてこの命さえ救ってくれたわ」

自由に魔術を学べる人を、ずっと羨《うらや》んでいた。

しかしそれは間違いだったと、いまはわかる。

膨大な資料を作成し、魔術書を書いた祖父。でも公爵家の当主だったのだから、セリアなどとは比べものにならないくらい忙しかったはずだ。それなのに、こんなに魔術の研究をしていた。

ジェラールは自身を忘れられた存在だと言うが、王弟という立場がある。それでもこんなに各地に扉をつなげ、無詠唱でいくつもの魔術を使い、精霊に慕《した》われるくらいその結びつきを強いものにしている。

「わたしはずっと、自分の立場や境遇を嘆《なげ》いてきたわ。でも、もうやめる。わたしは魔術が好きだし、もっと勉強をしたい。そのために行動する勇気をくれたのは、ジェラールだわ」

「俺のしたことなど、たいしたことではない。セリアの魔術の知識は素晴らしいものだ。よく独学でそこまで覚えたと思うよ。どんな長い呪文《じゅもん》も、けっして間違えることはない。あとは実践を積むだけだ。きっと、素晴らしい魔術師になるだろう」

「ありがとう。あなたにそこまで言ってもらえるなんて……」

憧れを抱いた魔術師からの賛辞。将来を憂《うれ》い、思い悩んでいた頃の自分が聞いたら、とても信じられないだろう。

（ああ、本当にこのまま時間が止まってしまえばいいのに）

セリアは両手を握《にぎ》り締めた。

ジェラールとともに過ごす時間は、こんなにも満ち足りている。

しかしいつかは終わりを告げる。魔術の道を諦めないことにしたけれど、セリアが父の決めた人と結婚するか、ジェラールが王太子になるかしたら、こうして一緒に過ごすことはできなくなるだろう。

（わたし、ジェラールのことが好き。……このまま諦めたくない）

叶わない恋だとしても、ただこの胸のうちで消えてしまうような儚《はかな》いものにはしたくない。

彼が自分のことをどう思っているか、知りたい。

いま、この瞬間だけでいい。彼がすこしでも思いをくれたら、それを思い出に生きていこう。あるいは、突き放されても当然のことだ。

セリアは意を決して、ジェラールに向き直る。

「あなたとずっと、一緒にいられたらいいのに」

そう言って、そっと身を寄せた。

何気ないしぐさを装《よそお》ったが、ジェラールに触れた手が震えそうになり、ぎゅっと目を瞑《つぶ》る。

すると――ジェラールはセリアを優しく抱きしめてくれた。

恋人同士のような甘い抱擁《ほうよう》に、身体が一気に熱くなる。

壊れものを扱うかのごとくそっと抱きしめ、ジェラールはセリアの金色の髪をさらりと撫《な》でる。

「俺もそう願っている。好きだよ、セリア」

耳元で囁《ささや》かれる優しい言葉を、信じられない思いで聞いていた。

「セリア？」

うかがうような調子で名前を呼ばれ、気がつくと頬に涙が伝《つた》っていた。

慌ててそれを拭《ぬぐ》い、心配そうな顔のジェラールに微笑んだ。

「……ありがとう。そう言ってくれて、嬉しかった。これからはこの思い出を胸に、貴族令嬢としての務めを果たすために、がんばっていくわ」

すると彼は慌てて言う。

「いや、これからもずっと一緒にいよう。リィードロス公爵も国王陛下も、ほかの貴族も……俺が結婚を許してもらえるように説得する」

「でも、それは難しい話じゃ……」

「そうだとしても、諦める気はない。俺にはセリアが必要なんだ」

そう言うと、ジェラールはもう一度、セリアをぎゅっと抱きしめる。

「……ジェラールは、王太子になるの？」

父はセリアをサリジャと婚約させようとしているし、ジェラールはそのサリジャと対立する者だ。

自分たちの結婚がうまくいくとは思えない。

「世間の噂がどういうものなのか知らないが、俺が王太子になることはないよ」

「え……？　でも……」

サリジャはどう見ても王には向いていない。もし国王が彼を再び王太子にしたとしたら、王の器《うつわ》さえ疑ってしまうほどに。

「現国王は親心として、サリジャに王位を継がせたいという思いがあるようでね。彼の改心を願って、王太子の指名を引き延ばしているけれど……もちろんサリジャに国王は務まらないだろう。ほかに適当な者がいる。サリジャはひとりっ子だが、従弟《いとこ》がいるんだ。アラスターといって、国王の甥《おい》にあたる。なかなか聡明《そうめい》な男だよ。後ろ盾もある。身体が弱いが、体調はすこしずつよくなっていると聞くし、俺よりよっぽどいい王になるだろう」

ジェラールの話を聞く限り、王の甥《おい》は噂に聞いていたよりも元気で、王位を継げそうだ。

「俺の出自は、すこし複雑だからね。俺の父は魔力を持つ子どもが欲しくて、魔術師だった母に俺を産ませた。すでに現国王は王太子になっていたし、サリジャも生まれていた。それなのに、魔力を王家に復活させたいと強く願っていた父は、なかなか諦めなかったそうだ。母のほうの後ろ盾が弱かったこともあり、俺が王太子になることはなかったが――父は俺に愛を注《そそ》いでくれた。一方で、現国王には見向きもしなくなったらしい。きっと、嫌な思いもしただろう」

相手がまだ生まれたばかりの赤子とはいえ、王太子の座も父親の愛も奪われそうになった現国王の心中は、複雑だっただろう。

しかもその理由が国王自身によるものではない。

さらにジェラールが強い後ろ盾を得れば、王位を奪われてしまう可能性もあったから、脅威だと認識したようだ。そのせいで、ジェラールは国王とジェラールの関係はあまりよくないという。

そんな事情はさておき、ジェラールは王になる気がないし、後ろ盾もないままだから、王太子として指名されることはない、ということらしい。

「そうしたら、ジェラールはどうするの？」

「アラスターの補佐をしながら、魔術を続けていくつもりだ。世界にはまだ知られていない魔術がたくさんある。セリア、俺を手助けしてくれないか？　俺には君の知識と――何よりもセリア自身が必要なんだ。これからの未来を、セリアとともに歩いていきたい」

「ジェラール……」

「魔術の研究ばかりしているような、他人から見れば寂しい暮らしになるかもしれない。だがこうやって、互いに助け合いながら魔術を学び続けることはできる。君の父上や周囲には俺がきっちり話をつけるから、どうか考えてみてくれないだろうか」

真剣な目で訴《うった》えられ、セリアは息を呑む。

彼は本気なのだ。

セリアはさっきまで、この一瞬だけ心が通じ合えばそれでいいと思っていた。しかし彼は、多くの困難に立ち向かって、セリアとの未来を掴もうとしている。

――不安なことはたくさんある。それでも、ジェラールの気持ちに応《こた》えたい気持ちが膨らむ。

自分を思ってくれる彼に、ついていきたい。彼と一緒に生きていきたい。

（お父様、ごめんなさい）

「わたしで、よかったら……」

震える声で、正直な気持ちを彼に伝える。

なんだか照れてしまい、視線を逸《そ》らしたセリアの耳に、ジェラールの嬉しそうな声が届く。

「ありがとう」

「わ、わたしこそ……」

「セリア、顔を上げて」

「え？」

顎《あご》に手を添えられて、優しく上を向かされた途端、唇を重ねられた。

「んっ……」

初めての、キスだった。

唇に感じる柔らかな感触。

セリアは息をするのも忘れ、頭が真っ白になる。

驚いて身体を離そうとしたが、ジェラールはセリアを逃がさないように、背中に腕を回して強く抱きしめた。

その強引さにすこし驚くものの、嫌ではない。ジェラールの唇や腕が触れている場所が、とても熱くなっていく。

触れるだけの優しいキスは、そう長いものではなかった。なだめるように髪を撫《な》でられ、背中に回っていた腕が離れる。

「あ……っ」

唇が離れた途端、セリアはぐったりと彼の胸に寄りかかった。そんな彼女を愛しげに見つめながら、ジェラールは柔らかな笑みを浮かべる。

その微笑みを見ていると、しあわせが胸に広がっていくのを感じる。

男性と触れ合うことが、こんなに心が浮き立つものだとは思わなかった。きっと、それだけセリアがジェラールのことを好きになったからだろう。

触れ合ったことで、彼に恋をしているという自覚がますます強くなる。

「ジェラール」

潤《うる》んだ目で見上げ、彼の名前を呼ぶと、もう一度、唇が重なった。

「んっ……」

さっきよりも淫《みだ》らなキス。唇を舌先でそっとなぞられ、思わず熱い吐息が漏《も》れた。

セリアはジェラールの胸に寄りかかったまま、目を閉じる。

(温かい……)

ジェラールの手が、セリアの金色の髪を優しく梳《す》く。

そして髪を撫《な》でていた手のひらが、耳の後ろをなぞるようにして首筋に触れた。

「あぁっ」

途端に、ぞくりとした感覚が背筋を駆け抜ける。

ジェラールの手はそのまま、ドレスの上からセリアの背を撫《な》でた。

いままでのなだめるような優しい手つきではない。上から下へ、ゆっくりと動く手の動きを、布の上からなのにはっきりと感じてしまう。

ぞわぞわと、全身に甘い快感が広がっていく。

初めて感じる未知の感覚に、セリアは思わず息を止めて身体を硬直させていた。

背中を撫《な》でていた手のひらが脇腹に移り、そのますこしずつ上に移動する。

それが胸の膨《ふく》らみまで到達する寸前に、セリアは我に返る。

気づけば、セリアは両手でジェラールの手を押しとどめていた。

「セリア？」

彼のことは好きだ。

でもまだ結婚していないのに、身を任せることはできない。

「ごめんなさい。……結婚するまでは」

正直にそう告げると、ジェラールは身体を離した。

「そうだな。すこし、急ぎすぎた」

聞き入れてくれたことに安堵《あんど》しながら、セリアは彼の手を握《にぎ》る。

「……まずはセリアの父君に、俺から直接話をする。待っていてくれ」

彼の言葉に頷《うなず》き、微笑むセリア。

ジェラールはセリアの髪を優しく撫《な》でる。

「今日はもう眠ったほうがいい」

その言葉にセリアは頷《うなず》いた。すると、ジェラールはしみじみと言う。

「君と出会った頃から惹《ひ》かれていたから、同じ気持ちだと知って嬉しかった。いままでは君が俺から離れるときのことを思って、別れがつらかったが、今日からはそんな思いにならずに済む」

あの視線はそういうことだったのか、とセリアは納得し、照れてしまった。最後に一度抱きしめ合うと、セリアは魔術を使い扉を寝室につなげる。

部屋に戻り寝台に潜《もぐ》りこむ。

ジェラールの気持ちに押されて頷《うなず》いたけれど、未来や父のことを考えると、不安な気持ちはなくならない。

セリアは夜明けまで、寝つくことができなかった。


結婚を誓い合ってから、ひと月。その日もまた、父は不在のようだった。家庭教師の授業もないので、セリアは一日を自由に過ごせることになる。

(今日は、ジェラールの図書室に行こう)

そう決める。着替えをしてから、用意してもらった朝食をゆっくり食べた。

そして朝食後に、今日は一日本を読むからとキィーナに告げた。準備を整え、あの図書室へ向かう。

魔術を唱えて扉を開けた。

(誰もいない……)

図書室は無人だった。誰もいない静かな空間が、セリアを迎える。

（うん、仕方ないわ）

すこし寂しいが、ジェラールが忙しいのはわかっている。セリアはさっそく資料の整理に取りかかった。

まずは運べるだけの資料を抱えてきて、大きな机に並べていく。

「これは、こっちかな？」

読めない古代魔語もあったが、辞書を引いて調べ、資料を細かく区分していく。

セリアは時間も忘れて夢中になっていた。

（やっぱり魔術ってすごいわ。もっと知りたい。でもわたしはこれから死ぬまでの間、どれくらいの魔術を覚えることができるのかしら）

読みたい魔術書、覚えたい魔術はこんなにたくさんあるのに、人生は限られている。

そのことにすこしだけ切ない気持ちになりながら、セリアはもう昼過ぎになっていることに気がつく。

「一度戻って、昼食にしたほうがいいかしら？」

セリア自身は昼食を抜いてもいいくらいなのだが、キィーナは心配するだろう。それに、セリアを呼びに部屋に来られて、いないことに気づかれてしまったら大変だ。

すぐに戻るからと資料を机に広げたまま、図書室を出た。

自室に戻って呼び鈴を鳴らし、キィーナを呼んで昼食を用意してもらう。

体調を気遣ってくれるキィーナに心配いらないと笑顔で答えて、彼女と話をしながら食事を終える。すこし休憩してから、再び図書室に戻った。午後は夕食前まで資料を整理して過ごす。自室に帰って夕食後にキィーナが退出すると、厚い上着を羽織《はお》ってまた図書室に向かう。

今日はほぼ一日、図書室で過ごしていたことになる。

あまり無理をしないようにとジェラールには言われていたが、魔術書作りに携《たずさ》わるのはずっと夢だったことだ。楽しくて仕方がなかった。

(ジェラールと結婚したら、ずっとこんな生活ができるのかしら?)

以前は不安でしかなかった結婚に、いまは憧れさえ感じている。

呪文《じゅもん》を唱えて扉を開けると、明るい光がセリアの身体を包んだ。

「あっ」

ジェラールがいる。セリアは笑顔になり、急いで扉を抜けて図書室に入った。

「ジェラール!」

大きな机の上で本を広げていたジェラールは、満面の笑みで走り寄ってきたセリアの姿を見て、顔を綻《ほころ》ばせる。

差し伸べられた彼の手を握《にぎ》ると、そのまま抱き寄せられた。

「今日は随分がんばったようだね。無理はしていないか？」

「ええ。資料を読むのが楽しくて仕方がないの。魔術書も、こんなにたくさんあるし」

しあわせすぎて、まだ夢を見ているようだ。

「好きなだけ読むといい。君のおじい様が遺《のこ》した本もたくさんある。きっと、読んでほしかったと思うよ」

セリアは優しい祖父の笑顔を思い出して、微笑んだ。

どんなに読んでも、満足することはない。知識に対する欲求は、どんどん強くなっていくようだ。

「……魔術って不思議ね。深く知れば知るほど、世界が広がっていく。どんなに勉強をしても、終わりはないのね」

「だからこそ、こうして受け継いでいくことが大切なんだ。いずれ誰かが、この資料から新しい発見をしてくれたらいいと思っている」

「うん。受け継いでいきたいね。わたし、もっとがんばるから」

そう意気ごむと、ジェラールに体調だけは崩さないようにと念を押され、セリアは頷《うなず》く。それから、おずおずと尋ねる。

「お父様には、会えた?」

その質問に、ジェラールは首を振る。

「会って話がしたいと何度も手紙で申し出ているのだが、返答は得られなかった。彼の行く先に先回りしてみたこともあったが、なぜか避けられていて……。ほかの貴族に口利きを頼んでもみたが、だめだった。しかも王城では、いつもサリジャと一緒にいるようだ」

「そんな」

父は厳しい面もあるが、誠実な人だ。話をしたいと言うジェラールに返事もしないなど、考えられない。しかもサリジャと行動をともにしているということは、もう婚約の話は、ほとんど決まっているようなものかもしれない。

セリアは俯《うつむ》き、ぎゅっと唇を噛《か》む。

「大丈夫だ。君をサリジャに渡すつもりはない。たとえ、この国を追放されるようなことになっても。魔術ならばどこでも学べる」

「ジェラール」

彼の決意の強さに、セリアも心を決める。いままで、家を出ることなど考えたこともなかった。

（でもジェラールと離れるくらいなら、きっとわたしもそうする）

セリアは同意するように頷《うなず》き、ジェラールに寄り添う。

彼はしばらくセリアの髪を撫《な》でていたが、ふいにその手を止めた。

「誓ってしまおうか。ふたりだけで」

「ジェラール？」

「これだけのことをしても応じてもらえないということは、公爵には俺の話を聞く気がないのだろう。手は尽くしたが応《こた》えてもらえず、このままサリジャに君を奪われてしまうくらいなら、いますぐ俺のものにしたい」

手を掴まれ、引き寄せられた。

セリアは逆らうことなく、ジェラールに身を任せる。そしてしばしの間考えて――頷《うなず》いた。

「そうね。誓いましょう」

彼の言うことは、きっと、許されることではない。もしかしたらこのことで、本当に家を出ることになるかもしれない。

でもセリアにはもう、父よりもジェラールを選ぶ覚悟はできていた。

話し合いもしてくれないのならば、自分がどんなに訴《うった》えたとしても、父がふたりの結婚を聞き入れてくれるとは思えない。

このまま引き裂かれるくらいならば、たとえ秘密であっても、誓い合いたい。

ジェラールはセリアの背に手を回し、優しく抱きしめてくれる。

(温かい……)

抱きしめられると、安心する。守られていると強く感じることができる。

そのまま目を閉じていたら、セリアの身体がふわりと浮き上がった。

ジェラールはセリアを、図書室の端にある長椅子の上に横たえる。背もたれを倒すと、寝台のように広くなる長椅子だ。

「セリア。君の夢は、俺がすべて叶えてみせる。だから俺に、君のすべてをくれ」

髪を撫《な》でられながら耳元でそう囁《ささや》かれ、セリアは夢見心地のままこくりと頷《うなず》いた。

「いいわ、ジェラール。あなたなら」

もう、この心は彼のものだ。だからすべてを捧《ささ》げてもかまわない。

ジェラールはセリアの手を恭《うやうや》しく掲げると、手の甲にキスをする。

「セリア。大切にする」

そう言ったジェラールの声は、いままで聞いた中で一番優しいものだった。

「んっ……」

唇を塞《ふさ》がれ、無意識に目を閉じる。腕が自然とジェラールの背中に回った。

「あ……。ん……」

何度も角度を変えて深く口づけられる。

「あん……。ジェラール……」

優しいキスが蕩《とろ》けそうなほど気持ちいい。

セリアの呼吸は乱れ、身体は熱くなっていく。

柔らかな舌が、セリアの唇をそっとなぞる。

「んっ」

背筋がぞくりとする。

呼吸をしようとして口を開けると、彼の舌がそれを待っていたかのように口内へ入りこんだ。

くちゅりとした音が響く。

「あぁ……っん……!」

舌を絡めとられ、吐息までも奪われていく。

口の内側を舌でなぞられ、透明な唾液が唇からこぼれ落ちる。

「セリア。君をサリジャには渡さない。絶対に」

いつも穏やかで冷静なジェラールの目に、熱が宿っていく。

それはセリアしか見ることができない、彼の姿。そう思うと、甘い歓喜が身体を駆けめぐる。

「あ……、ふぅ……」

唇が離れた瞬間、慌てて深呼吸しようとした。

でも再び繰り返されたキスに、呼吸を奪われる。頭がぼうっとしてきた。

ようやく唇が離れたときには、セリアはぐったりと彼の胸に寄りかかっていた。そんな彼女の上着を、ジェラールはゆっくりと脱がす。

寝室から図書室に来たので、ネグリジェだけになってしまう。

さすがにすこし恥ずかしくなって、セリアは視線を逸《そ》らした。

心を落ち着かせようとして必死に呼吸を整える彼女の首筋に、ジェラールが手を滑《すべ》らせる。

「んんっ……！」

ジェラールの指先がセリアの細い首をなぞり、そのまま肩のほうへ下りていく。薄い布越しに、その感触が正確に皮膚に伝わった。

ぞくぞくと甘い痺《しび》れが全身に走る。

「怖いか?」

身を震わせたセリアに、ジェラールが囁《ささや》くように尋ねた。

「……はあっ、……怖くは、ないわ。でも身体が……、変っ……なの」

ジェラールの手が触れた部分が熱く疼《うず》いて、溶けてしまいそうだ。

「こんなふうに触れられるの、初めてだから……」

ただ手のひらでそっと触れられているだけなのに、こんなにも過剰に反応してしまうことが恥ずかしくて、セリアは言い訳をする。その間にも、ジェラールの指は肩から腕に、そして手の先にまで移動し、そのまま指を絡ませた。

「ん……っあ……」

彼は、自分のほうに引き寄せたセリアの手の甲に唇を押し当てる。

「もっと触れるよ。いいね?」

「うん……。ジェラールの好きにして……」

恥ずかしさをこらえ、彼を見上げてそう言う。

ジェラールの唇は手の甲から離れ、セリアの身体に移動した。指先から、腕に、そして肩へ。首筋にまでたどり着くと、生温かい舌がちゅっと音を立てて肌の上を蠢《うごめ》き、そのまま鎖骨まで下りていく。

わずかに濡《ぬ》れた肌の感触に、ぞくぞくと震えた。

「んっ……。ああっ！」

身体が熱くて、胸が高鳴る。

自分でもわかるくらい鼓動が大きくなっていた。セリアは肩で息をしながら、必死に呼吸を整えようとする。

「はぁ……。あぁ……」

「セリア、急がなくていい。ゆっくり、落ち着いて」

ジェラールは囁《ささや》いて、セリアの呼吸が整うまで、優しい手つきで髪を撫《な》でてくれた。

（ジェラール……）

彼の手のひらに、頬を寄せる。

大好きな人が、こんなにも優しく触れてくれる。愛しいと言ってくれる。

（わたし、こんなにしあわせでいいのかしら）

幸福感がセリアを満たし、うっとりしてしまう。

「セリア、可愛い……」

熱のこもった息を吐き、ジェラールはセリアの上に覆《おお》いかぶさるようにして、彼女の首筋に顔を埋《うず》めた。細い首筋をゆっくりと、唇でなぞっていく。

「あぁっ……」

ただそれだけなのに、つい声を上げて反応してしまう。

「嫌か？」

「ううん……。大丈夫」

こんなに優しく扱ってくれるジェラールが、自分を傷つけるようなことはしない。そう信じているから、安心して身をゆだねることができる。

頬に添えられていた彼の手のひらが、ゆっくりと首筋をたどって肩を撫《な》でる。そしてついに、胸元からネグリジェの中に侵入した。

「あっ！」

胸の膨《ふく》らみをそうっと撫《な》でられ、びくりと身体が跳ね上がる。

「んっ、は……っ、あ……んんっ……ぁっ……」

ただ、胸を優しく撫《な》で回されているだけだ。

それなのに、セリアの身体は素肌に与えられる刺激に敏感に反応してしまう。

「あぁっ、……ジェラール……ッ」

撫《な》で回される胸の膨《ふく》らみ。

彼に触れられているうちに、胸の先端がつんと硬く尖《とが》ってきたのが、自分でもはっきりとわかった。

「ここ、硬くなってきた。気持ちいい？」

嬉しそうに言われ、セリアの顔はかっと熱くなる。

「い、いや。そんなこと、言わないでぇ……」

「こんなに反応しているのだから、気持ちいいよね？」

「はぁ……っ、ん……っ。んんっ……」

確かめるように指でくりくりと転がされ、顔を赤くしながら、こくりと頷《うなず》く。

（恥ずかしい……）

ジェラールの指がそこに触れただけで、ぞくりとした感覚が背中を駆け抜ける。

（ああ……。どうしてこんなに……感じてしまうの）

はしたない女だと、嫌われたらどうしよう。セリアは怖くなって、縋《すが》るようにジェラールを見つめる。

「セリアの身体は素直で、とても綺麗だ」

だがジェラールの言葉が、そんな不安をすべて消し去ってくれた。

綺麗だと言われ、嬉しくて心が浮き立つ。

「君にもっと感じてほしい。続けてもいいか？」

「あ……っ……っん、……うん……」

同意するのは恥ずかしかったけれど、こくりと頷《うなず》く。

するとネグリジェがそっと肩から引き下ろされ、とうとう彼の目の前に白い肌を晒《さら》してしまった。

「っ……」

セリアは咄嗟《とっさ》に両手で身体を隠そうとする。

でもゆっくりと手を掴まれた上に、衣服を腰まで下げられてしまった。

(恥ずかしい……)

上半身を隠すものはなく、肌をさらけ出してしまっている。ジェラールはそんなセリアの姿を見て、愛おしそうに目を細めた。

「ああ、本当に綺麗だね。服の中に、こんなに綺麗な身体を隠していたなんて」

褒められるのは嬉しい。でも素肌を晒《さら》しているのが恥ずかしくて、セリアは思わず彼から視線を逸《そ》らす。

その途端、ジェラールの手が柔らかな胸の膨《ふく》らみをゆっくりと撫《な》でた。

「あぁんっ！」

ジェラールの手は、セリアの胸を優しくさするようにして何度も撫《な》で、硬く尖《とが》った胸の先端に指で触れる。

その刺激に、セリアは思わず声を上げてしまう。

「ああっ……。んんっ」

それは先ほどまでのもの以上に、熱を帯びた声。

その声に突き動かされたように、ジェラールの愛撫《あいぶ》が激しくなる。

「んっ……、だめ……っ、は……あっ」

尖《とが》った先端を指で摘《つ》まれて、軽く転がされる。

彼の愛撫《あいぶ》は、セリアの意識を呑みこんでしまいそうなくらい、強い快楽を与えていた。

「やあっ……。そこ、だめぇ」

必死に絞《しぼ》り出す声も、信じられないくらい甘い。

ジェラールは愛しそうにセリアの頬に唇を落とすと、いままで指でこねていたその場所に、唇を押し当てた。

「……はぁっ、んんっ」

彼は頂《いただき》の片方を指で撫《な》で回しながら、もう片方を唇で軽く咥《くわ》え、舌を這《は》わせる。ぴちゃりと水音が響いた。

指のときとは比べものにならないくらい強い快感が、セリアの全身を駆けめぐる。セリアは思わず、彼の胸に手を押し当てて、引き離してしまった。

「……っやぁ、だめ……。もう……」

意識が飛んでしまいそうになる。あまりに気持ちがよすぎて、怯《おび》えが先に立つ。

「ごめん、いきなりやりすぎたかな？　怖かった？」

ジェラールは微笑んでそう言うと、セリアの呼吸が整うまで待ってくれた。

愛しさをこめた目でセリアを見つめる彼。

この身も心も、すべてジェラールのものだ。

その思いが、怯《おび》えをかき消していく。

「怖くないわ。ジェラールなら」

セリアが手を差し伸べると、ジェラールは迷いなく取った。

次の瞬間、唇が重なる。軽く触れるだけのキスを、何回か繰り返す。

「……ふっ、んっ、ジェラール……」

彼に触れていると思うだけで、気持ちが高揚していく。

「あいしてるわ……」

ジェラールの首に手を回し、たどたどしく愛を囁《ささや》きながら、自分からも何度か唇を合わせる。

愛する人と触れ合うのは、こんなにもしあわせな気持ちになれることなのか。

唇が触れ合うだけだったキスは、次第に濃厚になっていく。

「んんっ……、あっ……」

くちゅくちゅと音を立てて舌が絡み合い、唾液が唇の端からゆっくりとこぼれ落ちる。

「はぁ……」

くちゅりと濡《ぬ》れた音とともに唇が離れた。

ジェラールの手が、裸の胸に触れる。さらに腰に残っていたネグリジェをすべて剥《は》ぎ取り、下着まで脱がしていく。そうしてセリアは生まれたままの姿になった。

ジェラールの視線が、セリアの身体を隅々まで見つめる。

裸になって、すべてを見つめられるなんて恥ずかしくて仕方がないはずなのに、もうそれだけではなくなっていた。

見つめられるたびに、身体の奥が疼《うず》く。

ぞくりとした感覚が、全身に広がっていく。

（ただ、見られているだけなのに……）

触れられてもいないのに、反応してしまう。

「ジェラール……」

セリアは縋《すが》るような視線を彼に向ける。

すると裸のセリアを愛《め》でていたジェラールが、手を伸ばしてようやくその肌に触れた。

「あんっ」

胸の先を指でなぞられて、甘い声が上がる。指の腹で丸めるように愛撫《あいぶ》され、ずきんと痛みに似た感覚が身体の奥に走った。

「はぁん……っ！　あぁっ……」

胸を大きく揉《も》まれながらそこを刺激されると、身体から力が抜けていく。

「ジェラール……」

セリアは両手を伸ばして彼の身体を捕まえる。抵抗せずに抱き寄せられたジェラールは、そのままセリアの豊かな胸の膨《ふく》らみに顔を埋《うず》めた。

「んんん……っ！」

敏感な胸の先に、くちゅりと舌が絡まる。口に含まれ、舌で転がされて、そこから甘い痺《しび》れが広がっていく。片方の胸を舌で愛撫《あいぶ》されているだけで、ぞくぞくとした官能がセリアの身体を支配する。

「は……っあ……。やっ……あんっ……」

もう片方の胸にも手が伸びて、胸の中心の淡《あわ》く色づいた部分を指でなぞられた。つつくようにして頂《いただき》を刺激されると、セリアの腰はがくがくと震えてしまう。

「感じるようになってきたね」

ジェラールが両方の蕾《つぼみ》を刺激しながら嬉しそうに言う。セリアの頬が紅潮《こうちょう》した。

「ん……っ、あ、やだ……。言わないでぇ……」

「最初よりも気持ちがいい？」

「そんなこと……、んんっ」

ぴちゃりと濡《ぬ》れた音とともに、胸の先を舐《な》められる。さらに、そこを強く吸い上げられて、セリアの口から嬌声《きょうせい》がこぼれ落ちる。

「ああぁっ……！」

吸いつかれている部分から、身体中の力が抜けていくように痺《しび》れが走る。背を反らすと、金色の髪がさらりと広がった。

ジェラールは背中に腕を回して抱きしめながら、咥《くわ》えた蕾《つぼみ》を舌で転がす。

「そこ……、だめ……っ。ん……っ、いやあっ、敏感に、なりすぎて……」

「嫌では……ないようだね」

舌でこねるようにそこを押し潰されて、しなやかな手足がぴんと張りつめる。

「っは、やあんっ」

さらにジェラールの舌は濡《ぬ》れた軌道を残しながら反対側の蕾《つぼみ》にたどり着くと、そこも同じように強く吸った。

「ああんっ……はぁ……んんっ」

胸を大きく揉《も》まれ、彼の指の間から顔を出した突起を嬲《なぶ》られる。びくりと反応する身体は薄紅色に染まり、腰に甘い痺《しび》れが広がった。

「やっ……」

両胸の膨《ふく》らみを思うままにこね回していた彼の手が、セリアの細い腰をたどる。

ただ撫《な》でられただけなのに、身体の中心からとろりとした蜜《みつ》が湧き出してくるのを感じた。

「ああんっ……、こんなの……、……はぁ……っん、どうして……」

「これは愛する人を受け入れるための準備なんだよ」

ジェラールはセリアの耳元で囁《ささや》く。

「受け……入れる……？」

「そう、セリアが俺のものになるために、必要なことだ」

もぞもぞと足を動かすと、くちゅりと音がした。

(こんなに濡《ぬ》れてしまうなんて……。恥ずかしい……)

羞恥《しゅうち》のあまり、耳まで熱くなる。

胸に触れていたジェラールの手は、今度はセリアの素足に触れる。

「んっ」

足をゆっくりと撫《な》で上げられて、じんとした痺《しび》れが身体の奥に響く。そのまま足を大きく広げられ、秘められた部分が彼の目の前に晒《さら》された。

「あっ、やだっ……んん……ッ」

咄嗟《とっさ》に足を閉じようとしながら、セリアは首を振る。しかしジェラールの手がそれを阻《はば》んだ。

「……やぁ、……恥ずかしい……っふ……っ」

ジェラールはすぐにその部分に触れようとはせず、かわりに皮膚の薄い敏感な内腿《うちもも》に指を這《は》わせる。

「ああんっ……」

セリアは身を捩《よじ》ってその刺激に耐えた。

きっと蜜《みつ》が太腿《ふともも》にまで伝《つた》っているだろう。そっと指でなぞられているのは、その軌道かもしれない。身体を動かすたびに、くちゅくちゅと濡《ぬ》れた音が響く。

「んっ……、ジェラール……」

ジェラールの名前を呼ぶだけで、鼓動が高まる。

彼はようやく、しっとりと濡《ぬ》れたセリアの秘部に指を添えた。

「はっ、あんっ、あああっ……」

敏感になっている部分が、一気に熱を持つ。ジェラールは蜜《みつ》が滴《したた》る秘唇をそっと指でなぞった。

「やああんっ！」

その瞬間、思わずひときわ高い声を上げていた。

胸に触られたときとは、比べものにならない刺激。

軽く撫《な》でられただけで、頭が痺《しび》れるほどの快感が全身に走った。

「あ、やぁ……っ！　はぁ……んっ」

ぬちゅりと音がして、指が内部に入りこんだ。熱い襞《ひだ》はたっぷりと蜜《みつ》を含み、彼の指を強烈に締め上げる。

「濡《ぬ》れているね。痛みはない？」

気遣ってくれる言葉に答える余裕は、もうなかった。

何度も頷《うなず》き、自然と足を大きく広げる。その間も、指を咥《くわ》えこんだ秘唇はくちゅくちゅと収縮を繰り返していた。

「もうすこし、慣らしたほうがいいね」

指がもう一本増やされ、内部を掻き回される。そうされるたびに、快感が全身を駆けめぐる。

「ああ、溢《あふ》れてる」

きっと彼の手はもう蜜《みつ》で濡《ぬ》れそぼっているだろう。

「ふっ、んっ……。ああんっ……」

ジェラールはセリアの手を握《にぎ》り、その手の甲に軽く唇を押し当てた。

そういう何気ないしぐさに深い愛情を感じる。しあわせが胸を満たし、泣き出したいような気持ちになる。

彼は上体をずらすと、セリアの足の間に顔を埋《うず》めた。

ぴちゃりと淫《みだ》らな水音が響き渡る。

次の瞬間、セリアは高い声を上げた。

「やああっ」

ジェラールの熱い舌がまるでキスをするかのようにゆっくりと秘唇をなぞったのだ。

快楽に跳ね上がる腰を押さえつけ、秘唇を割って彼の舌が体内に潜《もぐ》りこむ。敏感な粘膜を熱い舌が擦《こす》り、セリアを絶頂へ追い上げていく。

「んんっ……。やっ……。はあああぁんっ」

繰り返される愛撫《あいぶ》。セリアはたまらずに、はしたないくらいの声を上げて達してしまっていた。

「あぁぁ……っ」

そのとき、セリアの頭は真っ白になり、身体はがくがくと震えた。初めての絶頂だ。

「はぁ……、はぁ……っ」

セリアは必死に息を落ち着けようとする。

それでも身体の中に満ちた熱は、一度くらいでは引いてくれない。

「ジェラ……、ル。身体が、熱いの……」

「そうだね。これだけではまだ、物足りないはずだ」

ジェラールは今度は指を中に潜《もぐ》りこませ、達したばかりの内部を掻き回すように刺激する。同時に胸の頂《いただき》に舌を絡め、ねっとりと舐《な》め上げてきた。

「んっ……。はっ、ああ……」

ぴちゃり、くちゅりとした淫《みだ》らな水音が暗い部屋に響く。

熱く蠢《うごめ》く襞《ひだ》を、指が刺激する。

何度も奥をなぞられ、溢《あふ》れ出る蜜《みつ》がジェラールの手を濡《ぬ》らした。

「セリア、こんなに濡《ぬ》れている。気持ちがいい？」

答えられずに、ただ喘《あえ》ぎ声《ごえ》を上げる。

「はあぁぁぁん……っ！　ンっ、は……っあぁ……っ」

敏感な胸と秘部を両方愛撫《あいぶ》され、セリアはほどなく二度目の絶頂に達した。

それなのに、満足するどころか焦燥《しょうそう》が高まっていく。

セリアは身体の中心に蓄積した熱に身悶《みもだ》えながら、ジェラールに縋《すが》る。

「はぁ……っ、身体が、熱くて……。助けて……」

声を震わせてそう懇願《こんがん》すると、彼はなだめるようにセリアの髪を撫《な》でた。

「セリア、君のすべてをもらってもいいか？」

「うん……。わたしはもう、あなたのものだから」

そう言うと、濡《ぬ》れた秘部に熱くて硬いものがあてがわれた。

「熱い……」

もっと強い刺激を求めて蠢《うごめ》く秘部は、期待に震えていた。それはセリアが待ち望んでいたものだ。

「力を抜いて。もっと……」

あてがわれたものが、ゆっくりと挿入される。

「……んっ……、……っあ……ッん……」

内部を広げられる痛みと圧迫感に、セリアは息を止めて身体を緊張させてしまう。そのたびにジェラールになだめられ、大きく深呼吸をした。

熱い楔《くさび》は、達したばかりで痙攣《けいれん》している襞《ひだ》を、ゆっくりと掻き分けて侵入してくる。

「あんっ……、はぁ……」

「大丈夫か？　……っ全部、入ったよ」

圧迫感に顔をしかめるセリアに、ジェラールが囁《ささや》く。

「ぜんぶ……？」

「そう。これでセリアは俺のものになった。もう誰にも奪わせない」

「ジェラールのもの……」

ようやく愛する人とひとつになれた喜びは、痛みをすこしだけ和《やわ》らげてくれた。しあわせそうに目を閉じるセリアの額《ひたい》に、ジェラールは唇を押し当てる。

「すこしつらいかもしれないが、最初だけだ」

そう言って、セリアの中に押し入った楔《くさび》を動かす。

「はぁっ……、ああっ……」

襞《ひだ》を擦り、引き抜かれた灼熱《しゃくねつ》の楔《くさび》を、再び奥まで突き入れられる。衝撃に身体をこわばらせたセリアは、ジェラール自身を強く締めつけてしまう。

「んあっ……、ああ……」

「……っ、きつい、な」

その行為で体内の楔《くさび》を強く意識してしまい、喘《あえ》ぎ声《ごえ》がこぼれた。

セリアに強く締めつけられ、ジェラールはかすかに呻《うめ》くと、セリアの両胸に手を伸ばした。

「すこし、力を抜いて」

「や……ぁ、あっ……、んんんっ……」

尖《とが》ったままの先端を指で弄《いじ》られ、痛みではない甘い衝撃が走った。

一度、快楽を意識してしまうと、それはどんどん身体中に広がっていく。

楔《くさび》を突き入れられるたびに、擦《こす》られた襞《ひだ》が気が遠くなりそうなほど気持ちがいい。

「ああっ……、はぁ……ん……」

その快楽はセリアだけのものではなかった。

衣服を着たままセリアを抱くジェラールの腕や、触れる指は熱を帯びている。

身体だけではなく、心や魂《たましい》までもひとつになっていく心地がする。

息を乱し、ただ彼にしがみついていると、ジェラールは彼女の額《ひたい》に優しくキスをして抱きしめてくれる。

「セリア」

名前を呼ぶ声にこめられた愛情。慈《いつく》しみに満ちた視線に、セリアの心も満たされていく。

「ジェラール……ッ。ああ、ジェラール……、ふ……っんんっ」

彼の背にしがみつきながら、何度も名前を呼ぶ。

「んんっ」

秘部を貫いていた熱い楔《くさび》が抜ける寸前まで引き抜かれ、そこからまた最奥を目指して、ぐちゅりと突き入れられる。すこしの衝撃と、それを遥かに上回る快楽に、不安がすべて消し飛んでいく。

「セリア、大丈夫だ。何も心配することはない」

彼の優しい言葉に頷《うなず》き、セリアはただ与えられる悦楽《えつらく》に酔う。

何度も奥まで貫かれ、秘部をぐちゅぐちゅと掻き回されて、そのたびに蜜《みつ》が溢《あふ》れた。

「あっ、……っああ……っ」

腰から下が、溶けてなくなってしまいそうな快楽。

すこしだけ、この深遠の闇のような快楽に恐怖を覚える。自分がすべて呑みこまれてしまいそうな恐ろしさ。

けれどそれを与えているのは、愛するジェラールだ。だから素直に、速さを増す律動《りつどう》に身をゆだねた。

溢《あふ》れた蜜《みつ》が、臀《でん》部《ぶ》にまで伝《つた》わり落ちているのがわかる。

次第に冷たくなっていく蜜《みつ》は、ひやりとした感覚を皮膚に与え、それがまた快感に変わっていった。

「……んっ、はぁ……っ、あん……っ」

快楽がまた強くなる。それはまるで後ろ向きに深い穴へ落ちていくような感覚。

セリアがそれに逆らうようにして首を振ると、ジェラールは彼女の頬を撫《な》でた。

「大丈夫だ」

耳元で囁《ささや》かれる、優しい声。彼の言葉には、いつもセリアを安心させてくれる響きがある。

「んんっ……、ああああぁっ」

楔《くさび》が最奥を穿《うが》ったとき、四肢《しし》を痙攣《けいれん》させながらセリアは達していた。

そのまま気怠《けだる》い感覚に身をゆだねていると、ジェラールは自身をセリアの体内に埋《うず》めたまま、両手で胸の膨《ふく》らみを弄《もてあそ》んでくる。

彼の手の中で胸が自在に形を変えていく。敏感になった蕾《つぼみ》を指で摘《つ》まみ上げられ、さらに舌を這《は》わされると、セリアはもう我慢できずに背を反らした。

その結果、ジェラールをさらに強く締め上げてしまい、それがまたセリアを絶頂に追いやる。

「ああ、もう、だめ……」

伝わる鼓動。共有する熱。

快感が強すぎて意識が飛びそうになる。快楽の涙を目に浮かべて、彼の胸に手のひらを置いた。

「ジェラール、わたしも、あなたに触れたい……」

衣服を着たままだったジェラールにそう言うと、彼は深く微笑んでセリアから離れた。

体内を制圧していたものが抜け、すこしだけ寂しい気持ちになりながら息を深く吐く。

蜜が秘部から滴《したた》り落ちた。

ジェラールは、セリアの目の前で衣服を脱いでいく。あらわになったその肌に、セリアは身体を起こして手を伸ばした。

温かい素肌の感触。自分だけではなく、彼の鼓動も高まっていると知って、喜びがこみ上げてくる。そのまま抱きしめられて、セリアは目を閉じた。

だがジェラールは、そんなセリアを抱き上げて、再びその身体を横たえる。

「ジェラール？」

「セリア、まだ終わっていないよ。もっと、君を感じたい」

「え？……あっ」

疼《うず》くセリアの秘唇に、まだ勢いを失わない楔《くさび》が押し当てられ、今度は一気に貫かれた。

衝撃に力を入れたセリアをなだめるように、頬にキスをする。

「もっと、綺麗な姿を見せてくれ」

突き入れられた楔《くさび》が、激しく挿入を繰り返す。

「あっ……、ジェラ……。激し……っ」

蜜《みつ》でたっぷりと濡《ぬ》れた秘唇は、灼熱《しゃくねつ》の楔《くさび》を受け入れて収縮している。強く腰を押しつけられ、楔《くさび》が前よりも深く、体内に潜《もぐ》りこんでいく。

「んあっ……、あっ……はぁっ……」

金の髪を振り乱し、あられもない声を上げて、セリアは与えられる快楽に酔っていた。

深く抉《えぐ》られるたびに、強く腰を打ちつけられるたびに、眩暈《めまい》がするほどの甘い衝撃が全身を駆けめぐる。

「んっ……、だめ……、もう、変になっちゃ……」

あまりにも強い快感に、正気を失ってしまいそうだ。

思わず縋《すが》るようにしてジェラールの背に手を回すと、彼はセリアを抱きしめてくれる。

「大丈夫だ。もっと、乱れてもかまわない。俺だけが見ることのできる美しい姿を、もっと見せてくれ……」

「あんっ……、そんなに強く……」

抱きしめていたセリアを押しつけ、ジェラールはさらに強くセリアを攻める。

「はぁ……、ああ……んんっ……」

喘《あえ》ぎ声《ごえ》を上げ、四肢《しし》を痙攣《けいれん》させて乱れる自分を、本当にジェラールは美しいと思ってくれているのだろうか。不安になって彼を見上げると、ジェラールは切なそうな、愛しさを隠そうともしない目でセリアを見つめている。

「こんなに……、乱れて……、嫌いに……ならない？」

それでも不安で思わず尋ねると、ジェラールは頷《うなず》いた。

「ああ、もちろんだ。君のこんな姿を見られるのは、俺だけだ。それが嬉しいよ」

セリアの奥深くまで入りこむ楔《くさび》が、信じられないくらいの快楽を生み出す。

「はぁん……、ああっ……」

それに翻弄《ほんろう》されながら、セリアは両手を伸ばしてジェラールに抱きつく。

「あなたが……、嬉しいなら……、わたしも……」

伝わる鼓動。共有する熱。

恥ずかしさはもう消え失せ、かわりに満ち足りた満足感と彼に対する情熱が高まっていく。

いつしかセリアは、自分から腰を揺らしていた。

「ジェラール、もっと……」

やがて頂点に到達し、身体に蓄積された快楽が、いっきに解き放たれたかのような衝撃が全身を駆けめぐる。

セリアは腰を浮かせて身体を痙攣《けいれん》させ、ジェラール自身を強く締めつけていた。

「……っ」

低くジェラールが呻《うめ》いたかと思うと、熱い迸《ほとばし》りが最奥に放たれる。

「ひゃう……、ああ……」

その熱さに、達したばかりのセリアの秘部はびくびくと痙攣《けいれん》した。快楽に蠢《うごめ》いていた襞《ひだ》が、放たれたものを取りこもうと収縮している。

「あっ……、はぁ……」

その放たれたものの熱さが、この身体がたしかにジェラールのものになったのだという実感をもたらしてくれた。

「ジェラール……」

小さな声で名前を呼んで、そっと手を差し伸べると、彼はその手をしっかりと握《にぎ》ってくれた。手の甲に押し当てられた唇が、温かい。

「あなたも……、わたしのものね」

ぼんやりとしてきた意識のまま、ひとりごとのようにそう呟《つぶや》くと、ジェラールは笑みを浮かべて頷《うなず》いた。

「ああ、セリア。俺は君のものだ」

そしてジェラールはセリアの金色の髪をそっと撫《な》でてくれる。

その優しい手に安堵《あんど》して、セリアは目を閉じた。

ふと誰かが髪に優しく触れた感覚がして、セリアは目を覚ました。情事のあと、眠ってしまったらしい。

顔を上げると、ジェラールがセリアの頭に何かをのせている。

「ジェラール？」

首を傾《かし》げ、彼の名を呼ぶ。それからふと自身の身体を見て、はっとする。

「これは……」

裸のまま眠ってしまったはずのセリアは、美しい純白のドレスを身に着けていた。頭にのせられたのは、繊細《せんさい》なレースのベールだった。それには美しい生花が飾られている。

(なんて綺麗なの……)

あまりの美しさに、うっとりしてしまう。柔らかな布のドレスは羽根のように軽く、とても着心地がよかった。

セリアが寝ている間に、ジェラールが着せてくれたのだろう。

(素敵なドレス……でも、どうして？　なぜネグリジェではなくドレスを着せてくれたの？)

彼の意図がわからずに戸惑いながら、おずおずと尋ねてみる。

「あの、ジェラール……これは？」

「結婚式をしよう」

「結婚式？」

そこでようやくこれは花嫁のドレスだと気がついた。

「精霊の前であらためて誓うために、ささやかな式を挙げよう」

「……ええ」

ジェラールもいつのまにか、白い礼服を着ている。それは王族のものではなく、魔術師のものだった。彼は微笑み、セリアの手を取ると扉を開けた。

長いドレスの裾を気にしながら、彼にエスコートしてもらい魔術がかけられた扉を潜《くぐ》り抜ける。

冷たい空気が流れこんだ。

(ここは……)

目の前にあるのは、淡《あわ》い光に包まれた美しい造りの聖堂だった。

宙には淡《あわ》い光をまとい、精霊たちが漂《ただよ》っている。

高い天井。壁も床もすべて白く、一番奥には女神像のかわりに精霊をかたどった彫刻が祀《まつ》られていた。その周りを囲むようにして金細工の燭台《しょくだい》が並んでいる。四隅にある大きな窓は、それぞれ火、水、土、風の精霊をモチーフにしたステンドグラスだ。

「精霊を祀《まつ》った聖堂?」

そう尋ねると、ジェラールは頷《うなず》く。

「魔術を使う俺たちには、ふさわしい場所だろう。それに精霊たちの前で結婚を誓えば、君も加護が得られるかもしれない。いざというとき、助けになるといいのだけど」

魔術の一助となる精霊は、魔術師にとって神聖なものだ。かつて魔術師の結婚は、すべて精霊を祀《まつ》った聖堂で行《おこな》われていたと本に書かれていた。

ジェラールは、そんな大切な場所でセリアとの愛を誓おうとしている。

「ジェラール……」

彼がどれだけセリアを大切に思ってくれているかが伝わってくる。

ジェラールは精霊の像の前に進み出て、セリアを見つめた。

「セリア。どうか俺の妻になってほしい」

ふたりを祝福するように、精霊たちが聖堂の中を舞《ま》う。その精霊の前で、セリアは頷《うなず》いた。

「……はい」

その瞬間、聖堂の中は眩《まばゆ》いくらいに神々しく光る。

精霊たちの祝福が、セリアにも伝わってきた。

秘密の結婚でも、セリアはとてもしあわせだった。

精霊たちの光に包まれて、ふたりは誓いのキスをする。

触れるだけの軽いキス。けれど唇に残った感触が、いつまでも温かかった。

# 第三章

ふたりだけの結婚式から、ひと月ほど経ったある夜。

セリアはジェラールと図書室にいた。お互い魔術の勉強をしていたのだが、休憩しようと長椅子に移ったあと、どちらからともなく抱き合っていた。

あれから何度、この魔術で作り出された空間で身体を重ねただろう。

(わたしはもう、ジェラールのものだわ)

そう考えていると、ジェラールの手がセリアに触れる。頬に手を添えられて目を閉じると、唇が重なった。

「んっ……」

舌で唇をなぞられ、背筋がぞくりとする。

生温かく柔らかいものが、くちゅりと湿った音を立てながら口内に入りこんできた。

「……あっ、……ん……っ」

唇が離れた瞬間、吐息が漏《も》れる。

もう一度深く口づけられ、舌が絡み合う。その息もつけないほどの激しさに、キスだけで意識が遠退《とおの》きそうになる。

「ふ……んっ、はあっ……」

ようやく唇が離れたときには、セリアの唇に宿った熱が身体全体に広がっていた。

もっと触れてほしい。

もっと彼に触れていたい。

それはセリアが生まれて初めて感じる欲望だった。

「ジェラール？」

ふと顔を上げると、彼の視線がどこか遠くに向けられているように見える。

「どうしたの？」

セリアは彼の胸に手を当てて尋ねる。

「初めて会ったときのことを思い出していた」

「あの、舞踏会の中庭で？」

自分が魔術書に読みふけっていたことを思い出して、セリアはくすりと笑う。いま思えば、王城で開催された舞踏会であんなことをしてしまったのだ。サリジャではなくとも、普通の男ならば引いていたかもしれない。

「ああ。さすがに俺も、舞踏会に魔術書を持ちこんだことはなかったから、セリアを見て驚いた」

「あの頃は、必死だったの」

その当時の心境を思い出しながら、セリアはジェラールに寄りかかる。

魔術を語り合える人なんて誰もいなかった。

そんなセリアのたったひとつの拠《よ》りどころが、あの祖父の魔術書だったのだ。

「おじい様の本を取り返したくて。でも、まだ取り戻せていないの。何度か返してくれるようにお願いしたのだけど、返事すらなくて……。もしかしたらもう、お父様が捨ててしまったかもしれないわ」

舞踏会のあと、サリジャとふたりで会ったら返すと言われたが、その話にも進展はない。考えたくはないが処分されてしまったかもしれない。

「そうだとしたら悲しいけれど、本の内容はすべて覚えているもの。おじい様の本を作るときに、その項目を加えるつもり」

「そうだな、それがいい」

セリアの考えに、ジェラールは頷《うなず》いてくれる。

「きっと、おじい様も喜んでくれるよ」

そしてセリアの頬から首へと口づけを落としていく。

「……んっ」

それだけで身体に甘い痺《しび》れが走る。

ジェラールに触れられると、こんなにも反応する身体になってしまっていた。

ジェラールはセリアの服を脱がせ始める。形のいい胸の膨《ふく》らみがこぼれ出て、たちまち彼の手のひらの中に収まった。

「ああっ……」

そっと触れられているだけなのに、びくりと身体が跳ね上がる。ジェラールはセリアの反応を確かめるように、ゆっくりと手を動かす。

「は……、あっ、やっ……。だめ……」

柔らかさを堪能するように指が蠢《うごめ》き、セリアの唇から甘い吐息が漏《も》れる。

彼女の首筋に顔を埋《うず》めたジェラールは、胸に触れたまま首に唇を這《は》わせる。熱い感覚。セリアはそこから生み出される快楽に身をゆだねていた。

「あんっ……！」

彼の柔らかな黒髪が、愛撫《あいぶ》されていないもう片方の胸の先端に当たる。その刺激に、セリアは思わず嬌声《きょうせい》を上げていた。まだそこに触れられていないのに、硬く尖《とが》り始めている。

「まだ触れていないぞ？」

からかうようにそう言われ、顔が熱くなる。

「だって……。髪が……」

身を捩《よじ》りながらそう言うと、今度は両方の胸が、彼の手のひらの中に収められた。

「あっ……や、ん……っああっ」

周辺をやわやわと揉《も》まれ、先端はどんどん硬くなっていく。その尖《とが》った頂《いただき》を愛撫《あいぶ》されたら強い快楽が得られると、セリアはもう知っている。

気がつけば、まるでねだるように胸を突き出していた。

「ここ、触ってほしい？」

そう言われて、自分の恰好に気がつく。恥ずかしくなって身体を離そうとした。だがそれよりも先にジェラールは手を伸ばし、彼女の胸の先端で恥ずかしげに震えている突起を指で刺激する。

「ああぁっ……、ん！」

「こうしてほしかった？」

「やっ……、ちが……」

痛みとも快感とも言えない、複雑な感覚が全身に走る。

「そうだろう?」

セリアは背を反らし、しなやかな足に力を入れてその刺激に耐えた。

すこし触れられただけで、神経が嬲《なぶ》られているような感覚。それが何度も繰り返され、身体の中の熱が蓄積される。

ぞくぞくとした痺《しび》れが全身を支配した。

涙をこぼして快楽に耐えるセリアを、ジェラールは長椅子で組み敷く。中途半端に脱がされていたドレスが、ゆっくりとはぎとられていく。

裸になったセリアを、ジェラールは愛しそうに眺《なが》める。

「そ、そんなに見ないで……。恥ずかしいの……」

両手で胸を隠し、頬を染めて顔を逸《そ》らしたセリアに、ジェラールは柔らかな笑みを浮かべた。

「こんなに綺麗なのだから、恥ずかしがる必要はないと思うけどね」

(ジェラールに綺麗って言われるの、嬉しい……)

セリアは顔を綻《ほころ》ばせる。それでも恥ずかしいのはまた、別問題だ。

「でも……、あっ」

ジェラールはセリアの胸に顔を埋《うず》めた。

彼の舌が、そのまま先端部分に触れる。ぴちゃりと水音が鳴った。

「……やっ……、んんっ」

胸の先端を口内に含まれ、舌先で転がすように愛撫《あいぶ》される。硬く尖《とが》った部分を舌先でつつくようにされると、腰のあたりがぞわりと疼《うず》く。

「はぁ……、ああっ……」

透明な跡を残しながら、温かく湿ったものが肌の上を這《は》った。

両方の先端を交互に口に含まれる。硬く尖《とが》った蕾《つぼみ》に到達した舌は、唇で挟みながらそっと転がすようにそれを刺激した。

「ひゃっ……あぁあんっ」

ぞくぞくと快感が走る。

身体の奥が疼《うず》き出し、セリアは無意識に足を擦《こす》り合わせてしまう。

抱かれた感覚を、身体はしっかりと記憶している。

ジェラールの愛撫《あいぶ》の先を想像して、期待してしまうのだ。

「ここが疼《うず》く？」

それに気がついたジェラールは、セリアの胸を愛撫《あいぶ》する手を止めて、彼女の太腿《ふともも》にゆっくりと手を這《は》わせた。

「はあああぁっ！」

新たな刺激に、セリアは甘く掠《かす》れた声を上げる。すると、今まで胸を弄《もてあそ》んでいた手のひらが、ゆっくりと太腿《ふともも》の外側をなぞっていく。

たしかにそこも感じるが、セリアの求めているものではない。

「……んっ、ちが……、あ……」

太腿《ふともも》を這《は》う手のひらが、あいまいな快楽を与えてくる。

それがもどかしくて仕方がない。

「ここじゃないならば、どこ？」

「やぁ……っ、あぁん……っそ、そんなこと、いえな……」

腰を動かすと、くちゅりと濡《ぬ》れた音が響き渡る。セリアの身体が、愛する人を求めて蜜《みつ》を滴《したた》らせているのだ。

「言ってくれないと、わからないな」

「そんな……っ、はぁ……ん、ジェラール……っ」

掠《かす》れた声で、彼の名前を呼ぶ。

高まった身体はもっとたしかな刺激を求めていた。

ジェラールは手のひらを腿《もも》の内側に滑《すべ》らせる。

「もしかしたら、ここかな」

手のひらはそのまま這《は》い上がり、蜜《みつ》をこぼす秘部にくちゅりと触れた。

「やああんっ……、あっ……」

快楽のために流れた涙が頬を伝《つた》う。

身体が待ち望んでいた刺激だった。

強すぎる刺激に、身体がびくんと跳ね上がる。

縋《すが》っていたジェラールの肩先に思わずきつく爪を立ててしまう。だがジェラールはなだめるように、涙の跡が残るセリアの頬に顔を寄せる。

「随分と、敏感になったね」

「や……っだって……。あっ……、ジェラールが」

この行為に慣れ始めた身体は、すぐに反応して蜜《みつ》を滴《したた》らせる。

彼の指がゆっくりと秘部をなぞる。

ぐちゅりとした水音が響く。

そこをじっくりと愛撫《あいぶ》されてしまうと、セリアはもう何も考えられなくなる。すべての感覚が彼の指の動きに集中しているようだ。

やがて存分に濡《ぬ》れた指が、ゆっくりと内部に入りこんできた。

そして身体の中で蠢《うごめ》いた。

「んっ……あっ、はぁ……っ」

愛する人を受け入れるために、花弁が開いていく。

「濡《ぬ》れている。音が、聞こえるかい？」

ジェラールの指が、中を大きく掻き回す。

ぐちゅりとした音が耳に入り、セリアは子どものように首を横に振る。

「やっ……、やん。はぁ……んっ」

「こんなに溢《あふ》れて、気持ちがいいんだな」

入り口付近を軽く掻き回していた指が、ぐんと奥まで突き入れられた。

「やぁん……、ああっ……」

熱く疼《うず》く部分をぐちゅぐちゅと掻き回され、気怠《けだる》い快楽が全身を駆けめぐる。

「ああっ……、きもち……いいの……」

その愛撫《あいぶ》に反応して、淫《みだ》らな蜜《みつ》が溢《あふ》れ出ている。

そんな自分を恥ずかしく思う余裕はもうなく、セリアは快楽のまま喘《あえ》ぎ、四肢《しし》を痙攣《けいれん》させた。

「もう、これじゃ物足りない？」

「あぅっ……」

こくこくと頷《うなず》く。すると、秘部を掻き回していた指が増やされた。

「はぁん……。あぁっ……」

身体の奥深くまで入りこんだ指が、熱く蠢《うごめ》く襞《ひだ》を刺激し、蜜《みつ》を滴《したた》らせる。深く強く、体内を弄《いじ》られて、次第に絶頂へと導かれていく。

「やんっ……、だめ……、はあっ」

何度か、指で強く中を掻き回されて、セリアは達していた。

びくびくと震える身体を投げ出し、絶頂のあとの余韻《よいん》に酔う。

「セリア……入れるよ」

そう囁《ささや》かれ、彼女はこくりと頷《うなず》いた。

すると彼の楔《くさび》が、彼女の身体の中心を深く穿《うが》つ。

「はあぁん……っ！」

指とは比べものにならないくらいの質量を持った熱い楔《くさび》が、絶頂を迎えたばかりの襞《ひだ》を強く擦《こす》って内部に侵入する。一気に最奥に達すると、その勢いに押された蜜《みつ》がぐちゅぐちゅと溢《あふ》れ出て、滴《したた》り落ちた。

「あっ、あっ、んっ……はぁ……んん！」

ぐちゅぐちゅと水音がする。

濡《ぬ》れた体内を擦《こす》られると、熱い吐息とともに高い喘《あえ》ぎ声《ごえ》が漏《も》れてしまう。

「すこしは、慣れてきたようだね」

ジェラール自身を深く受け入れているセリアの秘部に、ジェラールは視線を落とす。

「や、やだ……、見ないでぇっ……あぁっ！」

その視線が蜜《みつ》を溢《あふ》れさせているそこに注《そそ》がれていると知り、セリアは涙声で懇願《こんがん》した。

彼を受け入れている秘められた部分を見られていると思うだけで、恥ずかしくてどうにかなりそうだ。

「嫌というわりには、ここは喜んでいるようだけどね」

かすかな笑みを浮かべ、ジェラールは腰を突き出した。

蜜《みつ》をまとった楔《くさび》の動きが速くなっていく。

体内が蠢《うごめ》いて、彼をさらに奥まで引きこもうとしている。

腰のあたりから、蕩《とろ》けるような熱がせり上がってきて、それが次第に身体全体に広がろうとしていた。

「ふ……っ、あっ、……あぁ……っ」

突きこまれるたびに、収縮する襞《ひだ》がジェラールを締めつける。

彼がわずかに目を細めるさまを見て、セリアは満たされたような気持ちになっていた。

(ジェラールも、わたしをこんなに求めてくれている……)

一方的ではない欲望は、愛となる。

セリアの胸に愛しさが募《つの》っていく。

「もっと……、……、はうっ、んん……っ」

そうねだると、ジェラールの動きが速くなる。

「もっと?」

滴《したた》る汗がセリアの胸に落ちた。

「ああっ……、んんっ……」

しがみつくようにしてジェラールの背中に腕を回す。

「セリア……、くっ……」

「や、ああっ……。っ……。んんっ……」

快楽と喜びだけが身体の中を駆けめぐっている。

彼はセリアの中を穿《うが》ちながら、深く口づけた。

その瞬間、どくんと最奥で熱が弾ける。

「ああっ……っ！」

熱い迸《ほとばし》りが身体の奥を駆け抜けた。

（熱い……、燃えてしまいそう……）

強く抱きしめ合いながら、ふたりは達していた。

ぐったりと力が抜けたセリアの顔を、ジェラールは撫《な》でる。

「ジェラール……」

甘えるように彼の名を囁《ささや》くと、微笑んだジェラールがセリアの唇に、軽くキスをする。

裸のまま抱き合って、セリアはそのまま目を閉じた。

いつか、ふたりの間に子どもが生まれたら、その子は魔術師になるだろうか。

（そうなってほしいわ。そうしたら、ジェラールと一緒に魔術を教えるの。そして家族みんなで、魔術の研究をしていくのよ）

しあわせだった。早く父を説得し、夜だけでなくいつもジェラールと一緒にいられる日がくるようにと、セリアは祈る。

それはきっと、いま以上にしあわせな日々に違いない。

思う存分抱き合い、愛を確かめ合ったあと、セリアはひとりで寝室に戻った。

冷え切った寝台の上に座り、カーテンを大きく開いて窓の外を見つめる。

星空を眺《なが》めていたはずなのに、いつのまにか明け方近くになっていた。すこしずつ空が白くなり、光が地上に満ちていく。

窓辺に置かれている観葉植物が、朝日を受けて煌《きらめ》いている。

眩《まぶ》しくて、セリアは目を閉じた。

このところ、ひとりきりのときに考えるのは、ジェラールのことだ。彼は本当にセリアを大切にしてくれている。

ジェラールとは、互いに支え合う夫婦になりたい。そしてずっとしあわせに暮らしていきたいと思っている。

（そのためにはやっぱり、お父様と話をしないと）

ジェラールはずっと会おうとしてくれているそうだが、父は応じないという。王弟からの呼び出しを無視し続けるなんて、不敬罪で罰せられてもおかしくない。父はどうしたのだろう。

セリアもまた、父と会えたら話をしなければ。

どうしても説得できなかったら、ジェラールとふたりでこの国を出よう。

そうしてふたりで世界各国を回り、魔術を究《きわ》めるのもいい。

（そしておじい様の本を完成させたら、今度は自分の本を書いてみたい）

ここのところ、ジェラールと過ごす時間がしあわせすぎて、資料の整理がなかなか進まない。こんなことではだめだと、セリアは気合いを入れ直す。

「うん、今日こそしっかりとがんばらないと」

そうしてセリアが寝台から立ち上がったところで、キィーナがやって来た。

「キィーナ、どうしたの？」

いつもは穏やかなキィーナの表情が、今日は硬い。

「それが……旦那様が先ほど戻られたのですが、セリア様を呼ばれているのです。起きたらすぐにとのことで……」

セリアも眉をひそめた。

とうとう、婚約が決まったのかもしれない。

いつこんなときが来てもいいようにと、大切な本はジェラールに頼んで図書室に置いてもらっている。もし父が強引な手段をとったら、すぐにでも逃げ出すつもりだった。

（だってわたしはもう、ジェラールの妻なのだから）

この機会に話をしてしまおう。

そしてなぜ、ずっとジェラールからの連絡をすべて無視しているのか、その理由を聞こう。

「そう。お父様は部屋にいるの？」

「はい。外出する支度をしてから来るように、との仰《おお》せでした」

「出かけるの？」

まだ日が出て間もない。こんな早朝から、どこへ行こうというのだろう。不可解な父の言葉に首を傾《かし》げる。

キィーナも、どことなく不安そうにしている。

「わかったわ。とにかく外出できるようにして行けばいいのね。キィーナ、支度を手伝ってくれる？」

「はい」

わからないことだらけだが、とにかく父のもとへ行けば、すべてははっきりするはずだ。

手早く支度を整えてセリアとキィーナが部屋から屋敷の廊下に出ると、人気《ひとけ》もなく静まり返っていた。

普段ならばこの時間帯でも、廊下はたくさんの侍女が行き交っているはずだ。それなのに誰もいない。その静けさが、セリアの不安をますます煽《あお》る。

生まれ育った屋敷なのに、まるで見知らぬどこかに迷いこんでしまったかのような心細さを感じた。

（お父様は、わたしをどこへ連れていくつもりなのかしら？）

サリジャに会わせるつもりなのかと思ったが、こんな早朝から王城を訪ねたりはしないだろう。

父の考えがまったくわからず、不安が募《つの》る。

どうしても不安が拭《ぬぐ》えないまま、セリアは父の部屋に到着した。キィーナが扉を叩き、セリアの到着を告げる。

その声を聞きながら、いまからでも部屋に逃げ帰ってしまいたい衝動に駆られた。でもここまで来たら、もう行くしかない。

セリアは覚悟を決めて、父の部屋に入った。

書類に目を通していた父は、キィーナに退出するように告げる。キィーナはセリアに心配そうな視線を向けたが、主《あるじ》の命令には逆らえない。

そして彼女が立ち去ったあと、セリアひとりが残された。

久しぶりに会った父は、変わらず元気そうだった。

ただ、何も話さず、落ち着かない様子で周囲を見渡すようなしぐさをしているのが気になる。

本来の父はいつも落ち着いていて、どんなときも冷静さを失わない人だった。セリアは、強い違和感を覚える。

（どうしたのかしら。それに、お父様から、魔力の波動を感じる……どうして？）

父には、まったく魔力がないはずだった。

しかも父がまとっている魔力は、精霊に祝福されていない、どこか禍々《まがまが》しさを感じさせるものだ。

そこでセリアはハッとする。

（まさか、お父様に誰かが魔術をかけたの？）

ジェラールと出会ってから、多くの魔術書を読んだし、祖父が遺《のこ》した資料もたくさん読んだ。その中に、相手の精神を操《あやつ》る禁断の魔術があったことを思い出す。

――すべてのつじつまが合った気がした。

変わってしまった父。

守護魔術をかけたはずなのに、奪われてしまった祖父の形見の本。

サリジャのような男に、娘を嫁《とつ》がせようとしていること。

そしてジェラールからの連絡を、返答もせずにすべて無視している非礼。

疑いは、セリアの中で次第に確信に変わった。

だが精神を操《あやつ》るのは、禁断の魔術だ。使用した者は王家によって、例外なく厳罰を受ける。

それくらい、恐ろしいものだと書かれていた。

誰が父にそれをかけたのか。

考えたとき、浮かんだのはたったひとり。

（わたしとの結婚で得をするのは、サリジャ様。彼が犯人だとしたら、納得できる。お父様はきっと彼に操《あやつ》られているのよ）

父の愛情を疑ってしまったことを、セリアは心底後悔する。

絶対に父を助けなくては。そう思い、セリアはその方法を考え始める。

サリジャが犯人だとすると、問題は彼自身が魔力をまったく持たないことだ。

ならば彼が雇った魔術師がそばにいるはず。

（ジェラールに知らせなければ）

セリアは両手を固く握《にぎ》り締める。

きっとジェラールならば、父を助ける方法を知っているだろう。

（ずっと魔術の勉強をしていたのに、お父様が魔術で操《あやつ》られていたことに気づかなかった。もっと早く気がついていたら……。しかもわたしは、この魔術を解く方法もわから

ないなんて）

後悔が、痛みを伴《ともな》ってセリアの胸に満ちていく。

とにかくいまは、一刻も早くもとの父に戻さなくてはならない。

「お父様」

呼びかけてみたが、彼はこちらを見ない。しかし、口を開いて虚《うつ》ろに言う。

「急がねば。とにかく急ぐのだ」

ただそれだけを何度も繰り返す父。

（まずジェラールにお父様の状態を見てもらったほうがいいかしら？）

このまま父に従《したが》って屋敷を出るのは、危険だと察した。

そっと後退《あとずさ》りして、セリアは扉に触れようとした。このまま扉の魔術を使えば、図書室に逃げこめる。

（お父様も連れていけば——いや、そうしたら図書室のことが相手にバレてしまう？

でも、自分だけ逃げることも、お父様から目を離すこともできない。その隙《すき》にサリジャ様がお父様に危害を加えようとしたら……）

サリジャの自分勝手な性格を間近で見ただけに、父にまったく危険がないとは思えない。それに扉さえあればどこからでもあの図書室に行ける。

ひとまず父に従《したが》い、いざとなったら逃げればいい、と考え直した。

セリアは緊張に身体をこわばらせたまま、父に連れられて部屋を出た。

「お父様、これからどこに向かわれるのですか？」

そう尋ねてみても、明確な答えは得られない。セリアは父に促《うなが》されるまま、用意されていた馬車に乗りこんだ。

ひとりの従者も連れず、いるのは馬車を操《あやつ》る御者《ぎょしゃ》だけ。

公爵の外出ではありえないことだ。やはり何かが起こっている。先ほど廊下に侍女がいなかったのも、父が手を回したからなのかもしれない。

（どこに向かっているのかしら。もしかして、サリジャ様に会いにいくの？）

父は、馬車に乗りこんでから、ひとことも口をきかない。セリアは馬車の小さな窓から視線をめぐらせて、行き先を確かめようとしていた。

ただ虚《うつ》ろな目をして、馬車の進む先を見ている。セリアは馬車の小さな窓から視線をめぐらせて、行き先を確かめようとしていた。

（王都を出るわけではなさそうね。でも、郊外だわ）

街中《まちなか》ではあまり見かけない大きな木などが見えて、不安になる。思わずまた問いかけた。

「お父様、どこへ向かっているのですか？」

すると今度は、答えがあった。

「サリジャ様のところだ。きちんと、贈り物のお礼を言うのだぞ」

抑揚のない声で、セリアを見ようともせずに、父はそう言う。

やはり、行き先はサリジャのところだった。セリアは両手をきつく握《にぎ》り締めた。

ただサリジャに会って礼を言うだけならば、王城に行けばいい。それなのに、こんな郊外の人目につかないような場所に、従者も連れずに向かうなんて、何かあるとしか思えない。

(サリジャ様が雇った魔術師は、彼と一緒にいるのかしら。魔術をこんなことに使うなんて、許せないわ)

拳《こぶし》をきつく握《にぎ》り締める。

怒りが湧くが、馬車が到着するまでは何もできない。

せめて屋敷の方向だけでも覚えていようと、食い入るようにして窓の外を見つめていた。行く先で、何が待っているかわからない。

(怖い……。ジェラール……)

強く握《にぎ》り締めた手が震えていた。

やがて馬車は、こぢんまりとした屋敷の前に止まる。

そこにあったのは、古びた造りの建物だった。門はすこし傾いて、蔦《つた》が絡みついている。王子が使うような場所には見えない。

（こんなところに、サリジャ様がいるの？）

セリアは不審に思い眉根を寄せる。

しかも父は、馬車から降りずにセリアに言う。

「私は王城に行かねばならない。帰りは、サリジャ様に送っていただくように」

こんな恐ろしい場所にひとりで行くのは嫌だったが、ここにサリジャがいるのならば、父は王城にいたほうが安全だ。いざとなれば、セリアは扉を使って逃げられる。

「わかりました。ではお父様。行ってまいります」

馬車を降り、父に向かってそう言う。するといままで虚《うつ》ろな目をしていた父が、ふと苦しげな顔をして、セリアに手を伸ばそうとする。

でもぴたりと固まり、また虚《うつ》ろな目に戻ると、そのまま馬車を出す合図をした。

（……お父様。もしかして今、わたしを案じてくれたの？）

一瞬だけ見た、苦しそうな顔が頭から離れずに、唇を噛《か》み締める。

（ごめんなさい、お父様。ずっと魔術を学んでいたのに、わたしではお父様を助けることができないなんて……）

走り去る馬車を見送り、セリアは屋敷に向き直る。

(危険だと思ったらすぐに、魔術を使えばいい。……うん、そうだわ)

ひとりの老執事が、扉の前でじっとこちらを見つめていた。皺《しわ》だらけの彼は、青白い肌をしている。ひどく痩《や》せていて、まるで骸骨《がいこつ》のようだ。その不気味な雰囲気におののきながらも、セリアは姿勢を正す。

「わたくし、セリア・リィードロスと申します。ここでサリジャ様に会うようにと、父に言われたのですが」

勇気を出して話しかけた。

老執事は、じろりとセリアを見ると、無言で扉を開いた。軋《きし》んだ音が響き渡り、セリアの不安を煽《あお》る。

まだ朝だというのに、室内は薄暗かった。

しかも人の気配などまるでない。

(本当にここに、サリジャ様がいるのかしら)

耳を澄《す》ませてみると、かすかに薪《まき》の爆《は》ぜる音がする。屋敷の奥から、暖かい空気が漂《ただよ》ってきた。

そばにいる老執事は、何も言わずにただセリアを見つめている。

（……行くわ。そして敵の魔術師の情報を掴まなくては）

セリアは決意を固めるように手のひらを握《にぎ》り締め、背筋を伸ばし前を向いて屋敷の中に入っていく。

歩くたびに、コツコツとした音が響く。石畳の廊下に絨毯《じゅうたん》を敷いていないせいだろう。誰かに追いかけられているような気がして、自然と歩く速度が上がる。

そのまましばらく歩くと、やがて大きな扉にたどり着いた。

（扉があるわ）

ここに魔術をかければ、いつでも逃げ出せる。そう思うと勇気が湧いてきて、セリアはそれを押し開けた。

キィィと悲鳴のような音を立てて、扉がゆっくりと動く。

「……来たようだな」

部屋の奥から男の声がした。

セリアはびくりと身体を震わせて視線をめぐらす。それでも暖炉《だんろ》の炎がうっすらと見えるだけで、部屋の中は暗闇に満ちていた。人の姿も見えない。

（今日は晴れているのに。どうしてこんなに暗いの？）

闇に呑みこまれそうな気がして、足を踏み出せない。

「サリジャ様でしょうか？」

恐怖を押し殺し、声を張り上げてそう尋ねると、ふいに周囲が明るくなった。暗闇からの突然の光に目がくらみ、セリアは反射的に目を閉じる。

（魔術の光……魔術師だわ！）

相手の顔を見なければと思うのに、眩《まぶ》しくて目が開けられない。

（逃げなきゃ！）

部屋の奥から悪意のまざった魔力を感じる。

このままだと危険だと察し、後退《あとずさ》りして逃げようとする。だがそれよりも早く、身体が硬直した。

魔術だ。

身体を動かそうとしているのに、指先さえ動かすことができない。

（身体の自由を奪う魔術。これも、禁断のものだわ）

目が光に慣れてくると、目の前にはふたりの人間が見えた。

（サリジャ様と……、あのときの？）

いやらしい笑みを浮かべてこちらを見ているサリジャの隣には、黒髪の女性がいた。

見覚えのある顔だ。

舞踏会で、真っ赤なドレスを着てサリジャに寄り添っていた女性だった。彼女はサリジャの腕にしがみつくような恰好で、笑みを浮かべてセリアを見つめている。彼女の赤い目が妙に印象的だ。

（この人、魔術師だわ。まさか敵がこの女性だったなんて、思わなかった）

溢《あふ》れ出る魔力からして、かなり強い魔術師だ。

セリアが使える程度の魔術では、彼女から逃《のが》れることはできないかもしれない。

すぐに逃げられると思っていた自分の認識が甘かった。

なんとか身体を動かそうとしているセリアを、黒髪の女性は嘲笑《あざわら》う。

「無理よ。私の魔術はそんなに甘いものではないわ。あなたには、サリジャ様の役に立ってもらわなくてはならないの」

そう言って彼女は、甘えるようにサリジャに縋《すが》った。

「この女が必要なんでしょう？」

勝手なことを言わないで。

そう叫びたいのに、声にならない。身体の自由だけではなく、声まで封じられてしまっていた。

（どうしよう。これでは魔術を使うことができない。どうやって逃げれば……）

焦るセリアの前で、サリジャは満足そうに頷《うなず》く。

「ああ、そうだ。計画には必要だ」

そして、魔術師を抱き寄せる。

その様子は寄り添い合う恋人同士のようだが、黒髪の女性の冷酷な赤い目は、恋する女性のものではなかった。

ジェラールに恋をしたいまならば、わかる。この魔術師は、サリジャを愛しているのではない。

（何を企《たくら》んでいるの？）

彼女の冷たい視線に、セリアは表情をこわばらせた。

サリジャよりも、この女魔術師が恐ろしくてたまらない。

「そんなに怖がらなくていいぞ。もうまもなく俺たちは婚約する。大切な婚約者を傷つけたりはしないさ」

青ざめているセリアを見て、サリジャは楽しげだ。自分の計画がうまく進んでいると思っているのだろう。

（わたしは、もうジェラールの妻よ。サリジャ様となんか結婚しないわ）

そう言いたくても、言葉にできない。

そのかわりに必死にサリジャを睨《にら》むセリアに、彼は薄笑いを浮かべた。

「もうすぐ、すべての準備が完了する。その前に婚約者に何かあっては大変だ。大切に匿《かくま》ってやるとしよう」

（こんな状態では、すでにジェラールと結ばれていることも言えない。ジェラール……）

身動きができないまま、サリジャに捕らわれてしまうのか。

動けないセリアの頬に、涙が伝《つた》う。

（ごめんなさい。わたしが迂闊《うかつ》だったせいで）

このままでは精霊の前で誓った愛を裏切ってしまう。

属性のない魔術は、呪文《じゅもん》と魔力があれば使うことができる。

だが属性のある魔術は、その精霊の力がなければ使えなくなってしまうのだ。火の魔術ならば、火の精霊の力を借りる。水ならば水の精霊だ。そして魔術はほとんどが属性のあるものなので、精霊に誓った愛を裏切れば、大部分の魔術は使えなくなってしまう。

愛と、魔術。

セリアにとって大切なものが、サリジャによって奪われようとしていた。

「さあ、こっちに来るんだ」

身体の自由が利かないまま、涙を流すセリアにサリジャが手を伸ばした。その白い腕を強引に掴もうとした瞬間、黒髪の女性が叫ぶ。

「だめ！　サリジャ様、危ないわ！」

それと同時に、セリアの身体を淡《あわ》い光が包みこむ。

（え？）

その光は、サリジャを吹き飛ばした。

「これは……。精霊の力を借りた守護魔術？　あなた、精霊の加護を受けたの？」

壁にぶつかった衝撃で気を失ったサリジャを抱きかかえながら、彼女は驚いたような声でそう呟《つぶや》く。

それはセリアの耳にも入っていた。

（精霊？　ジェラールが、精霊の力を借りてわたしを守ってくれたの？）

精霊たちの前で、愛を誓ったことを思い出す。

ジェラールは加護が得られるかもしれないと言っていた。まさにそれがいま、セリアを守ってくれたのだろう。

加護のおかげか、身体を拘束する魔術も解けていた。

（ジェラール……。会いたい。あなたのそばに行きたい！）

自由になった身体で扉に駆け寄り、呪文《じゅもん》を唱える。

女の魔術師が何か叫んでいたが、セリアにはもう届かなかった。

「あ……」

気がつけば、セリアはいつもの図書室にいた。

「声が出る！」

どうやら黒髪の女性にかけられた魔術も解けたようだ。

ほっとして、セリアは床に座りこむ。

ここならば、ほかのどこよりも安全だ。

「怖かった」

そう呟《つぶや》いた途端、涙がこぼれ落ちる。握《にぎ》り締めた両手が震えていた。

「セリア！」

背後から名前を呼ばれた。ジェラールだ。

セリアは振り向き、彼に向かって両手を伸ばす。

「ジェラール！」

守護魔術が発動したことを感じ、駆けつけてくれたようだ。

正装姿のジェラールは、床に座りこんで泣いていたセリアに駆け寄った。しがみつく彼女をしっかりと抱きしめる。

「何があった？」

「お、お父様に言われて、屋敷へ。そこに、サリジャと魔術師が……」

うまく言葉にすることができない。たどたどしい言葉を、ジェラールはじっくりと辛《しん》抱《ぼう》強く聞いてくれる。

「そうか。あの女性が、サリジャが雇った魔術師だったのか」

すべてを話し終えると、ジェラールはしがみつくセリアの髪を優しく撫《な》でながら頷《うなず》く。

「ごめんなさい。敵の誘いだとわかっていたのに、魔術師に操《あやつ》られているお父様が心配で」

「怖かったね、セリア。よくがんばった。あぁ、結婚を誓ったとき、精霊の力を借りて守護魔術をかけておいて、本当によかった。……それにしても、禁断の魔術か。それを使ったのがあの女性だとすると、やはり……」

ジェラールは小さく何かを呟《つぶや》くと、セリアを安心させるように言う。

「禁断の魔術を解く方法が、この図書室の本に書かれていたはずだ」

「よかった。……ありがとう、ジェラール」

髪を撫《な》でてくれる優しい腕と、力強い言葉に不安が消えていく。

セリアが落ち着くまでずっと、ジェラールは抱きしめてくれた。

ジェラールの守護魔術のおかげで、サリジャに触れられずに済んだが、それでもあの欲望の視線はセリアを震え上がらせた。もしあのまま奪われていたら、心まで壊されてしまっていたかもしれない。

おぞましくて、恐ろしいあの視線を忘れたくて、セリアはジェラールに抱きつく。

「お願い。あの視線を、忘れさせて……」

ジェラールはその言葉に応《こた》えるように、セリアの額《ひたい》にキスをする。

「だがここでは……」

ふたりが座りこんでいるのは、図書室の床だ。柔らかい絨毯《じゅうたん》が敷かれているが、それでも愛し合うような場所ではない。

「いいの。早く、あなたを感じたい」

自分がこんなことを言う日が来るなんて、想像したこともなかった。それでも彼に触れたいと思う気持ちはどんどん強くなっていく。

その気持ちが伝わったのか、ジェラールは上着を脱ぐと床に敷いた。その上にゆっくりと、セリアを横たえる。

「背中は痛くないか？」

「ええ、大丈夫」

ジェラールはゆっくり優しく、セリアのドレスを脱がせてくれた。セリアも手を伸ばして、ジェラールの首や肩、胸に触れる。

ただ彼に触れて、触れられることが嬉しくてたまらない。

「ジェラール、ジェラール……」

繰り返し名前を呼ぶと、彼は優しく髪を撫《な》でてくれた。それから額《ひたい》にキスをする。

軽く触れるだけのキスだ。

それでは物足りなくて、ねだるように上を向くと、唇を塞《ふさ》がれた。舌が絡み合い、くちゅくちゅと音が響く。

「あ……っ、んっ……。はぁ……」

繰り返されるキスに、身体が熱くなっていく。

ぴちゃりと音を立てて舌が絡み合い、透明な雫《しずく》が流れ落ちた。

吐息さえも溶け合い、ひとつになっていくかのような気分だ。

「セリア、君を誰にも渡しはしない」

その声にも、触れる指先にも、愛がこめられている。

セリアはただ頷《うなず》き、彼の手に身をゆだねた。

ジェラールの唇がゆっくりと首筋をたどり、所有の証《あかし》のように紅《あか》い跡を残していく。ほんのすこしの痛みと、甘い快感。それはまさに歓喜だ。愛される喜びに、全身が震えている。

そして彼の唇が、セリアの胸に触れた。

「んっ……」

すこし触れられただけで、背筋が震えるくらいの快感が全身を駆けめぐる。胸の表面を這《は》いまわった唇は、そのまま頂点にある蕾《つぼみ》に触れた。

「はぁっ、や……ああっ……。んっ……」

彼の舌が、そこをゆっくりと舐《な》める。もう片方の頂《いただき》には指先が絡みつき、指の腹で転がしたり、軽く摘《つ》まんだりする。

「だめ……、ああっ」

ぞくぞくとした感覚とともに、胸の中央がゆっくりと硬くなっていくのがわかった。

恥ずかしくて顔を逸《そ》らしても、愛撫《あいぶ》の音は聞こえてくる。ぴちゃりという水音が響き、胸から感じる快楽が、身体の体温を上げていく。

気持ちがよすぎて涙がこぼれた。彼の手と舌に翻弄《ほんろう》される。

「あ……っ！　んっ、や……あぁっ」

「セリア、可愛い」

セリアの乱れる姿に、ジェラールは微笑む。

そこで、セリアは裸になっているのに、彼はまだ衣服を身にまとったままだと気がついた。

「んっ……わたしだけ、恥ずかしいわ……」

彼女は胸を愛撫《あいぶ》されながら、彼に手を伸ばす。

ゆっくりと衣服を脱がせると、ジェラールの素肌があらわになった。

彼の白い肌と対照的な、艶《つや》やかな黒髪。その美しい対比に、セリアはうっとりと目を細めた。

そうしている間にも、胸への愛撫《あいぶ》は止まらない。

「はぁ……っ、ん、あ……っ、ンッ！」

まるで大きさを確かめるかのように両手で揉《も》まれ、今度は両方の蕾《つぼみ》を同時に指で摘《つ》まれる。背筋に走る快感に耐え上を向くと、ジェラールの目が優しくセリアを見つめていた。

それは欲望を宿しながらも、けっして愛を見失わない優しい目。

あのサリジャの視線とは、比べものにならない。

愛されている。身体中でそう感じながら、セリアは彼の愛撫《あいぶ》に身をゆだねた。

「ジェラール……」

肩に流れる彼の髪を一房《ひとふさ》、手に取って握《にぎ》り締める。

セリアの胸を撫《な》で回していた彼の手は、気づけば脇腹に移動していた。そのまま下へと滑《すべ》り落ちていく。

「んっ……」

太股の外側を撫《な》でられる。

もう秘部からは蜜《みつ》が溢《あふ》れているようだ。身じろぎをするたびにくちゅりと水音が響く。

その音に引き寄せられるように、ジェラールの指は中心に向かって移動する。

そっと秘唇に触れる指。一度なぞられただけで、快感がセリアの背中を駆け上がった。

とろりとした蜜《みつ》が一層溢《あふ》れ出るのがわかる。

「ああ、いっぱい溢《あふ》れているね」

ジェラールはセリアの肩を抱きながら、ゆっくりと指を挿入していく。指先だけで入り口あたりを軽く掻き回され、ぐちゅぐちゅと響く水音に、頭の中が痺《しび》れる。

そんなにも濡《ぬ》れているのだろうか。

熱い襞《ひだ》は収縮し、指をもっと奥に引きこもうとする。彼の指はもう、滴《したた》るほどの蜜《みつ》で濡《ぬ》れているだろう。

内側を掻き回しつつ、セリアの中心にある小さな蕾《つぼみ》に彼の指が触れる。くりくりと回すように弄《いじ》られ、喘《あえ》ぎ声《ごえ》が唇から漏《も》れる。

「あああんっ、だめ！」

あまりにも強烈な快感が全身を駆けめぐり、セリアは子どものように首を横に振る。

「は……っそこ……。やあ、……んっ、だめ……。強すぎて……」

「セリアの身体は喜んでいるよ。ほら、こんなに」

「あぁああ……！　んん……あぁん……っ！」

指で掻き回され、どんどん蜜《みつ》が溢《あふ》れてくる。充分に濡《ぬ》れているから、痛みはまったく感じなかった。

ただ身体の中に彼の指の存在を感じる。

どんな動きをしているのかはっきりとわかるほどに。

顔を上げると、ジェラールは切なげな熱のこもった目でセリアを見つめている。

（……彼もわたしを求めてくれている）

「ジェラール」

セリアは両手を彼に向かって差し出した。

「抱きしめて……」

身体の中に埋《うず》められていた指が抜かれる。こぽりと蜜《みつ》が滴《したた》り落ちた。

ジェラールは両腕をセリアの背中に回すと、優しく抱きしめてくれる。

柔らかな髪が頬に触れた。

「セリア、愛してる」

唇が重なる。

同時に、ゆっくりとジェラールが中に入ってきた。

びくびくと痙攣《けいれん》する襞《ひだ》が、彼を強く締めつける。

「はぁ……っあぁぁ……！　んっ……」

最奥まで到達した楔《くさび》は、何度か奥を突き、それからゆっくりと抜き差しを繰り返す。

そのたびにくちゅりという音が響く。

彼の動きはどんどん速くなっていき、セリアはジェラールが与えてくれる快楽にひたすら喘《あえ》ぐしかなくなる。

「ふ……っ、あ……っ、ジェラール……、ああっ……」

ジェラールの白い肌が上気している。

この快楽は、一方的に与えられているものではなく、ふたりで分かち合っているものだ。

汗ばんだ肌も、いつもより高い体温も、すべてが愛おしい。

何度も激しく奥を突かれ、四肢《しし》に力を入れた瞬間にセリアは達した。

「あっ、あぁあああ！」

「……っ、セリア、あぁっ！」

同時に、胎内に熱いものが迸《ほとばし》る。それは愛の証《あかし》。

いつかそれが実を結ぶ日を夢見ながら、セリアは心地よい疲労感にそのまま身をゆだね、ゆっくりと目を閉じた。


翌日。

セリアは自分の部屋でひとり、物思いにふけっていた。

そして朱色に染まっていた空がゆっくりと暗くなっていく様子を、長椅子に身体を預けたまま、ぼんやりと眺《なが》めていた。

あれからセリアは、ジェラールと一緒に部屋に戻り、キィーナを呼んですべてを話した。

これからセリアが身を守るためには、どうしても身内の協力が必要だと思ったからだ。

キィーナはセリアの部屋に男性がいたことに驚き、詳しい話を聞いたあとも、ひどくジェラールを警戒していた。

大切な公爵家の令嬢であるセリアの部屋に、見知らぬ男性がいるのだから当然だろう。

しかしジェラールの身分を明かし、セリアが危ない目に遭《あ》ったところを彼が助けてくれたのだと話すと、さすがに納得してくれたようだ。

キィーナの協力を得られたので、それからずっとセリアは体調を崩して部屋で寝こんでいることになっている。

サリジャのそばには、強大な力を持ったあの魔術師がいるのだ。

舞踏会の招待状がきても、寝室から出ることができないくらい寝こんでいると言えば、断ることができる。いまは極力、王城に近づかないほうがいいだろう。

それにジェラールはセリアの部屋に、精霊の加護を借りた守護魔術をかけてくれた。

この部屋から出なければ、セリアの身は安全だ。

(あの人……。なんだか恐ろしかった。赤い瞳が怖かったわ)

あの女魔術師の冷酷な視線を思い出し、セリアは身を震わせる。

彼女はサリジャを愛してなどいないように見えた。それなのになぜ、彼に協力しているのだろう。

それに、これで終わりだとは思えない。

サリジャはまだ諦めていないだろうし、セリアを残して立ち去ってから、セリアの父は行方不明《ゆくえふめい》のままなのだ。

ジェラールは懸命に探してくれたが、王城でも見つからない。もしかしたらサリジャに捕らえられているのかもしれない。セリアはあの日、父と離れてしまったことを悔やんだ。

（お父様……）

父の捜索はジェラールに頼むしかない。

行方不明《ゆくえふめい》になった原因は、どう考えてもサリジャだろうけれど、あんな男でも一国の王子だ。

それに、あのサリジャのことだ。ほかにも何か企《たくら》んでいるのかもしれない。

その可能性も考えて、ジェラールは彼の身辺についていろいろと調査をしている。

王城でサリジャの調査やセリアの父の捜索を行《おこな》っているジェラールは多忙だ。それでも毎日、必ずセリアのところに顔を出してくれる。

（わたしにできることは、お父様を操《あやつ》っていた魔術を解く方法を探すことだわ）

禁忌《きんき》の魔術を解いて、父を解放する方法をセリアは探していた。

（早く、禁忌《きんき》の魔術を解く方法を見つけなければ）

セリアははがゆく思う。しかし相手の正体がわかってから、ひとりで図書室に行かないようにとジェラールに言われていた。

あの場所は魔術によって作られた空間なので、魔力の影響を受けやすいそうだ。

強い魔力を持っている者が相手ならば、たとえ強固な結界を張っていても万全ではない。魔力を手繰《たぐ》り、図書室の存在を嗅《か》ぎつける可能性も皆無ではないようだ。

魔術師が相手ならば、多くの人間によって警護されている屋敷のほうが安全だと、ジェラールは言う。あの図書室で襲われても助けを呼ぶことはできないが、セリアの部屋ならば誰かが駆けつけてくれる。

加えてこの部屋には、ジェラールが精霊の加護を借りた守護魔術をかけてくれた。

それでも、自分だけ安全な場所にいるのは心苦しい。

（お父様は無事かしら……。ジェラールは大丈夫よね？）

彼ほどの魔術師が後《おく》れを取るようなことはないだろうと信じていても、毎日ジェラールの顔を見るまでは不安で仕方がない。それだけ、あの女魔術師は強い力を持っていた。

（わたしも、自分にできることを精一杯やろう。お父様を解放する方法を探さなくては）

ぼんやりしている場合ではないと、セリアは長椅子から立ち上がる。

昨日の夜ジェラールと会ったとき、彼と一緒に図書室に行って大量の魔術書を持ち出した。古くて貴重な本ばかりなので、きっと禁忌《きんき》の魔術についての記述もあるだろう。

セリアは机の上に魔術書を積み重ね、片っ端から目を通す。

貴重な資料ばかりだが、求めているものはなかなか見つからない。

「これでもないわ。あとは、どんな本があったかしら」

次の本の山に手をつけようとして、ふとセリアは祖父が遺《のこ》した資料を思い出す。

系統別に整理したとき、あまりにも難解で読めない古代魔語で書かれていたものがあった。

（もしかしたら、あれは……）

祖父の遺《のこ》した資料には、さまざまな系統の魔術があった。その中に、禁忌《きんき》と呼ばれるようなものもあったのではないか。

図書室に行って、その資料を確かめたい。

それがある場所はわかっている。図書室に入って、急いで持ってくればいい。

本当はジェラールが来るのを待つべきだとわかっているのに、セリアはなぜか、いますぐ資料を手にしたいという衝動を抑えきれなかった。

（きっと、お父様を助ける方法が、おじい様の資料に記されているわ）

父を救いたい。その願いを胸に、セリアは扉に触れて呪文《じゅもん》を唱える。

淡《あわ》い光に包まれた扉は、無事に図書室につながったようだ。そっと開けると、目の前には図書室があった。

もう何度も通い、すっかりと馴染《なじ》んだ場所でもある。

異変はないか、セリアは息をひそめて用心深く周りを見渡してみた。

どうやら変わりはないようだ。

セリアは図書室に足を踏み入れ、祖父の資料を手に取る。

(あの資料はどれだったかしら?)

いくつかの資料の束を手に取った。

「これではないわ。こっちかしら?」

簡単に仕分けしていた資料を、いくつか手に取る。そのとき、束ねていた糸が解け、紙がばらばらと床に広がった。

「あっ」

どうしてこんなときにと思いながら、慌てて拾い上げる。ふと、そこに書かれていた文字に目を奪われた。

「なんだかこれは、おじい様のものではないようだわ」

ジェラールの資料が紛れこんでいたのだろうか。

それはこの国だけではなく、世界各国で起きた犯罪の記録だった。

内容は簡単なものだ。場所と、罪状。それだけが何年分も書き綴《つづ》られている。なんとなくページをめくってみると、最後に走り書きの文字があった。

（これは、ジェラールの字ね）

場所と罪状を書き綴《つづ》っているのは見知らぬ文字だが、その走り書きだけはすっかり見慣れたジェラールのものだった。セリアはその文字に視線を走らせる。

「赤い目の女。……なんのことかしら？」

首を傾《かし》げて考えこむ。

だがすぐにこの図書室に来た目的を思い出し、セリアはそれを机の上に置くと、目的のものを探し始めた。

しばらく捜索して、ようやくそれを見つけ出す。

「あった。これだわ」

逸《はや》る心を落ち着かせながら書面に視線を走らせる。

難しい古代魔語で書かれていて、なかなか読み取れないのがもどかしい。セリアは古代魔語の辞書を取り出すと、すこしずつ翻訳していく。いつしか時間も忘れて熱中していた。

セリアが予想したように、それは精霊たちに属さない無属性の魔術について、祖父が書き綴《つづ》ったものだった。

四大精霊、火と水、土と風の精霊の力を借りない無属性の魔術は、ほとんど威力のないものだが、中には禁忌《きんき》と呼ばれる恐ろしいものがあると書かれている。祖父はその魔術の呪文《じゅもん》は記さず、その解除魔術だけを記載していた。

「……よかった。これでお父様を助けることができるわ」

父に会うことができたら使おうと、セリアはいま翻訳したばかりの魔術を頭に叩きこむ。何度も、心の中で練習した。

「あ、いけない！　早く戻らないと」

父を救う方法を見つけて安堵《あんど》したが、気づけば随分長く図書室に滞在してしまっていた。慌てて自分の部屋に戻ろうと、セリアは扉をつなげる呪文《じゅもん》を唱える。

途端に、背筋がぞくりとした。

扉の向こうから、獲物を狙う猛獣《もうじゅう》のような殺気が漂《ただよ》ってきたのだ。

「――ッ！」

危険を察し、咄嗟《とっさ》に扉から手を離そうとしたときには、もう扉が開き始めていた。

セリアの目の前に現れたのは、見慣れたいつもの部屋ではない。

あの黒髪の女魔術師が、妖艶《ようえん》な笑みを浮かべて立っていた。そして嬉しそうに言う。

「……ああ、ようやく来たわね」

波打つ美しい黒髪は、夜の闇よりも濃い。彼女は緑色の目に隠し切れない愉悦《ゆえつ》の色を浮かべてセリアを見つめていた。

(どうしよう。わたしったら……。もっと早く帰るべきだったのに)

彼女の魔力の強さは知っている。きっともう逃げられないだろう。

(ごめんなさい、ジェラール。わたしのせいで、またこんなことになるなんて)

セリアは唇を噛《か》み締め、彼女に向き直る。

この事態を引き起こしてしまったのは、自分自身だ。なんとかして、切り抜けなければならない。

「……あなたは」

「私？　私はマリーツィア。ねえ、そんなに自分を責めなくてもいいのよ」

そう言って、彼女は楽しそうに笑う。

「だって、この図書室に来るように誘導したのは、私だもの。だめだとわかっていても、来たいという衝動を抑えられなかったでしょう？」

「え……っ!?」

マリーツィアの言葉に、セリアは息を呑む。魔術が使われた気配など、まったく感じなかった。知らない間に干渉されていたかと思うと、恐ろしい。

「そんな……」

ジェラールから図書室は危険だと言われていたのに、どうしても我慢できずに来てしまった。それがもう彼女の仕業《しわざ》だったというのか。

何かを仕掛けられたのだとしたら、サリジャの隠れ家に連れていかれたあのときだろう。けれどセリアはまだしも、ジェラールにさえ魔術をかけた気配を感じさせないとは――

マリーツィアは混乱しているセリアを見て、楽しそうに声を上げて笑う。そして、セリアに向かって手を伸ばした。

「さあ、ゲームを続けましょう？」

それは誰のためのゲームなのか。

彼女の赤い目で見つめられた瞬間、激しい眩暈《めまい》がした。身体が震え、立っていられなくなって、セリアはその場に座りこむ。そのとき、強い違和感を覚えた。

何かがおかしい。

（……彼女の目。最初から赤かったかしら？）

彼女の目は緑色ではなかったか。それに、どこかで赤い目の女という言葉を見たような気もするが、思考がうまくまとまらない。

ただわかるのは、あの目に捕まったら危険だということだ。

震える手足にめいっぱい力を入れ、途切れそうになる意識を必死につなぎ止めようとする。

（なんとか、ここから逃げないと）

だが、そんなセリアを漆黒《しっこく》の檻《おり》が取り囲む。

「……っ」

咄嗟《とっさ》に逃《のが》れようとしたが、セリアを取り囲む漆黒《しっこく》の檻《おり》は、彼女を追いつめるように、すこしずつ小さくなっていく。

（これは……。なんの魔術？　いままで見たことがないものだわ）

そして檻《おり》は、セリアが身動きできないくらいに小さくなった。その漆黒《しっこく》の格子《こうし》を掴み、力をこめて押したが、びくともしない。

「何をするつもりなの？　ここから出して！」

いくら押しても揺らそうとしても、まったくの無駄だった。

（なんとかして、ここから逃げないと）

このまま彼女に捕まってしまうわけにはいかない。セリアはすこしためらったが、覚悟を決めて魔術を唱えた。

それは、覚えてはいたものの、絶対に使わないと決めていた、攻撃魔術。

セリアの手から生み出された火炎が、漆黒《しっこく》の檻《おり》を包みこむ。その炎はけっして、術者を傷つけることはない。高温に晒《さら》された檻《おり》だけが溶けて消えてしまう――はずだった。

「……そんな」

けれど、炎は檻《おり》を溶かせずに消えていく。この檻《おり》を作り出したマリーツィアの魔力のほうが、圧倒的に強いのだ。

(わたしの力では、無理なの?)

なすすべもない状況に、セリアは唇を噛《か》み締める。

「ふふ。随分がんばったようだけど、無駄よ。それは現実のものではないわ。あなたの精神を捕らえる檻《おり》だから」

そんなセリアを見て、マリーツィアは楽しげに笑う。

「あなたにかけておいたのはね、心の内にある願望を、身の安全やほかの人への配慮もできなくなるくらい、大きくする魔術。でも今回のは違うわよ。もうその身体は、あなたの自由にならないわ。もうすこし経てば、どうなるか見えてくるはず。ほら、あなたは変わりゆく身近な人を見たでしょう?」

その言葉の意味を悟《さと》り、セリアは青ざめる。

檻《おり》の魔術は、セリアの父にかけられたのと同じ、精神を操《あやつ》る禁忌《きんき》の魔術ということか。

「そんな……」

「これから自分がどう使われるのか、そこでよく見ていなさい」

それだけを言うと、マリーツィアは楽しげに笑いながら消えてしまった。

(もうすこししたら見えるって、どういうこと？　それにわたしは、いまどんな状態なの？)

ここで捕らわれているのがセリアの精神だけならば、身体はどこにあるのか。

いままで読んだ本から得た知識を思い出しながら必死に考えていると、目の前に、先ほどまでいた図書室の様子が浮かび上がる。

『もうすこし経てば、どうなるか見えてくる』

マリーツィアの言葉は本当だった。

「ここは……」

きちんと整理された資料と、机の上に乱暴に置かれている資料の束。それはセリアがさっきまで持っていたものだ。

扉はきちんと閉められている。

そしてその近くに、倒れているセリア自身の姿が見えた。

「あっ！」

この扉を潜《くぐ》り抜けたとき、セリアの心はもうマリーツィアによって身体から引き離されていたということか。

横たわる身体を前に、もう自分が死んでしまったかのような錯覚に陥《おちい》る。セリアは檻《おり》の中で震え上がり、両手で自分の肩を抱きしめた。

その目の前で、ゆっくりとセリアの身体が起き上がる。

「わたしが……動いているわ」

向こう側のセリアは、虚《うつ》ろな目をしていた。操《あやつ》られていた父の目と同じだ。

身体だけのセリアはゆっくりと起き上がると、しばらくぼんやりとした様子で周囲を見渡していた。

その隣に突然現れたのは、緑色の目のマリーツィア。

彼女はセリアの身体を見て嬉しそうに微笑み、その手を取って扉を開ける。その瞬間、彼女の目はまた赤くなった。

「やめて！　わたしをどこに連れていくの？」

どんなに叫んでも、マリーツィアを止めることはできない。わかっているが、声を上げずにはいられなかった。

扉の奥に現れたのは、どうやら王城のようだ。

その向こうに誰かがいるらしく、マリーツィアは声をかけた。その内容も、セリアにはっきりと聞こえてくる。

「ようやく成功しました」

彼女の声は、セリアと話していたときと違って控《ひか》えめだった。

「もう彼女の意志は残っていません。サリジャ様の思い通りに動く、人形ですわ」

（サリジャ様！　そんな……）

ふたりを待っていたのは、サリジャだった。

彼は満足そうに頷《うなず》くと、セリアに向かって手を伸ばし、長い金色の髪を撫《な》でる。

意志のないセリアの身体は抵抗もせず、されるがままだ。

「これでいい。欲しいのは、余計な抵抗をする生意気な女ではない。魔力を持つ子どもを産める身体さえあれば、意志などいらぬ」

（ひどい。なんてことを……）

セリアは唇を噛《か》み締めて、檻《おり》を強く握《にぎ》る。

ジェラールが何度も撫《な》でてくれた髪に、触れられたのが悔しい。

自分の身体を道具のように扱うサリジャや、人の意志をまったく顧《かえり》みないマリーツィアに激しい怒りを覚える。何よりこうして意志を奪った人間に、すべてを見せつけるやり方が許せない。

(お父様もこうしてすべてを見せられていたの？　なんて、残酷な)

早朝に屋敷から連れ出され、サリジャのもとに連れていかれたとき、父は一瞬だけ苦しそうな顔をした。父の苦しみを思うと、涙がにじむ。

(なんとかしないと。このままでは、あの人の思い通りになってしまう)

どうやって、ジェラールに伝えたらいいのだろう。

彼ならばセリアの魔力をたどり、この場所を掴むかもしれない。

でも、以前灼熱《しゃくねつ》の砂漠に飛ばされてしまったときのように、彼がセリアを探し回って体力も魔力も消耗《しょうもう》してしまったら。そしてそんな状態のときに、サリジャやマリーツィアと出会ったら――

そう思うと、心配でたまらない。

(お願い、ジェラール。わたしを探さないで)

魔術をかけられてしまったためとはいえ、自分のせいでジェラールを危険に晒《さら》すかもしれないと思うと、たまらなかった。

こうしている間も、サリジャはセリアを連れ去ろうとしている。意志のない身体は、逆らうことなく大人しく従《したが》っていた。どんなに抵抗しようとしても、セリアの意志はまったく反映されない。

「サリジャ様。これからどうするのですか？」

セリアの前とは別人のようにしおらしい様子で、マリーツィアはサリジャに尋ねる。彼女の目はセリアを見つめていた。セリアに聞かせるために、わざわざそう尋ねているのは明白だった。

「この女と結婚して、魔力を持つ子どもを産ませる。そうすればうるさい奴らも父も、俺を認める。次の国王は俺だ。もう誰にも反対させぬ」

サリジャの声は、だんだん感情的になっていく。

（自分が国王になるために、わたしに魔力を持つ子どもを産ませる？　お父様を操《あやつ》ってまでわたしを妻にしようとしているのは、そのためなの？）

魔力は遺伝すると言われているが、魔術師だった祖父の子である父が、まったく魔力を持たないように、それは確定的なものではない。セリアが子どもを産んでも、魔力を持っている保証など、どこにもないのだ。

それに、どうしてそこまで魔力に固執するのだろう。

「そうですわ。自《みずか》らも魔力を持たない身でありながら、サリジャ様に魔力がないことに落胆した国王陛下も、サリジャ様の子どもが魔力を持っていればきっと見直すでしょう」

マリーツィアはそんなサリジャに媚《こ》びるようにそう言った。

彼女の目が、再び赤く光っている。

(マリーツィアの目は、緑と赤に変化するの？　舞踏会で会ったときは、緑だった。さっき目が赤かったのは、魔術を使っていたとき……。もしかしたら、魔術を使うと目が赤くなるのかもしれない。だとしたらいまも？)

気になってサリジャを見ると、彼は虚《うつ》ろな目で何事か呟《つぶや》いている。

「……そうだ。俺は、王に……。王になって、ジェラールよりも……優れていると、父に……」

サリジャは異常に王位にこだわっている。

もしかしたら、サリジャもマリーツィアの魔術によって操《あやつ》られているのではないか。

セリアの心の中で、その疑念が強くなっていく。

そうだとしたら、サリジャもまた被害者だ。彼を許すことはできないが、それでも同情の余地はある。

そう思っていると、マリーツィアがサリジャにこう尋ねた。

「王弟はどうしますか？　計画の邪魔をするかもしれません」

「あいつは確実に始末しろ！　どんな手を使ってもかまわん！」

（そんな！）

ジェラールの命が狙われている。

（そんな……。どうしよう、ジェラールがわたしのせいで）

セリアは指が痛くなるくらい強く、檻《おり》の格子《こうし》を握《にぎ》り締めた。

そこでマリーツィアは、何かを思いついたように腹黒い笑みを浮かべる。

「この女を使ってもかまいませんか？　けっして傷はつけませんから」

「ああ、好きにしろ」

「はい。必ず仕留めます。明日の朝にはすべて、サリジャ様の思い通りになります」

もうすぐ夜明け。

そして明日の朝には、サリジャはセリアを妻にしようとしている。

「ジェラールさえ始末してしまえば、もう計画を阻《はば》む者はいなくなる。もっと早く始末するべきだったな。よし、すぐにやれ」

「承知いたしました」

そう恭《うやうや》しく答えて、マリーツィアはサリジャを見送った。

けれどそれは芝居だと、セリアにはわかった。彼女はサリジャに、忠誠も愛も誓っていない。言葉の上でどう繕《つくろ》っても、あの赤い目は、サリジャを嘲笑《あざわら》っていた。

ならば、彼女の目的はなんなのか。

目の前に浮かび上がるマリーツィアは、漆黒《しっこく》の檻《おり》に閉じこめたセリアをまっすぐに見つめてくる。セリアはその目を見返して尋ねた。

「……あなたは、何を求めてこんなことをしているの」

「ふふ。すべては、サリジャ様のためよ」

「嘘よ。あなたはサリジャ様のことなんか、なんとも思っていないでしょう」

声を荒らげて反論するセリアの言葉に、マリーツィアはあっさりと同意した。

「ええ、そうね。でもお気に入りの人形よ。何かおもしろいことをしてくれそうだもの。たとえば、この国を滅《ほろ》ぼすとか」

「それがあなたにとってなんの利益になるというの？　どうしてサリジャ様に目をつけたの!?」

くすくすと笑いながら、マリーツィアは意志のないセリアの身体に手を伸ばす。

「あなた、知りたがりね。教えてあげる義理はないけれど……まぁ、いいわ。教えてあげましょうか。私がサリジャ様に出会ったのは、一年ほど前。彼は再び王太子の座に就《つ》くために、魔術が使えると評判になっていた私に声をかけてきたのよ。サリジャ様は魔力を持たずに生まれたことで、父親にひどく落胆されたことを恨《うら》んでいてね。なんとかして認めさせようと、自分の子どもこそ魔力持ちにしたいって言っていたわ。その黒い気持ちが快《こころよ》くて、私は彼の野望を達成させる手伝いをすることにしたの。あなたにかけたのと同じ、心の内にある願望を大きくする魔術をかけてね。あぁ、楽しい……。これからどうなるかも、楽しみね」

マリーツィアは恍惚《こうこつ》とした表情で声を上げる。

「さぁ、手始めに、計画の邪魔をしそうなあの魔術師を殺してしまいましょう。私はもっと、混乱が見たいの。人の悪意と絶望が見たいのよ。それらは私にエネルギーをくれるから」

「そんなこと！」

絶対にさせない、と言いかけて、セリアは口を閉ざす。

いまは自分では何もできないということは、自分自身が一番よく知っていた。

（どうしよう……。このままでは、ジェラールの枷《かせ》になってしまう。なんとかしなければ）

焦るばかりで、自分の身体はまったく思い通りにならず、唇を強く噛《か》み締める。

（どうか、わたしのことなど気にしないで、逃げて……）

そう願いながらも、叶うことはないとセリアもわかっている。

ジェラールが、セリアを見捨てて逃げるはずがない。

そんなセリアの葛藤《かっとう》をよそに、マリーツィアはセリアの身体を連れて、移動する。

一瞬で景色が変わったと思えば、そこはかつて父によって連れてこられた、あの郊外の屋敷だった。

ここでジェラールを待つのだろう。静かに夜が明けていく。夜の闇を遠ざけるように、白い光が空から差しこむ。

だが薄暗いこの屋敷はいつまでも夜のように暗く、陰鬱《いんうつ》な雰囲気を醸《かも》し出していた。

マリーツィアはセリアの身体を長椅子に座らせると、その周囲に結界を張った。意志のないセリアの身体は、人形のようにぼんやりと、マリーツィアのなすがままだ。

ジェラールはセリアが捕らわれたことに、すぐに気づいただろう。罠《わな》だとわかっていても、助け出そうとしてくれるに違いない。

(彼が来る前に、何かできることはない?)

いろいろな魔術を試してみたが、この漆黒《しっこく》の檻《おり》には物理攻撃は効かないようだ。

(あと試していないものは……あっ!)

そのとき、祖父の資料から見つけた、禁忌《きんき》と呼ばれる魔術を解除する呪文《じゅもん》のことを思い出す。あれは、かけられた本人が唱えても効果があるのだろうか。

(迷っている暇はないわ。とにかく、できることは全部やってみないと)

両手を固く握《にぎ》り締め、目を閉じる。

声に出して、解除魔術を唱えてみた。

「……っ!」

その途端、身体がずしっと重くなる。

それは、セリアの実力を超えた強い魔術だったのか。それとも精神を捕らえられた状態で、魔術を唱えようとしたからなのか。

一度魔術を唱えただけで、とてつもない疲労が襲ってきて、漆黒《しっこく》の檻《おり》の格子《こうし》にしがみつく。眩暈《めまい》と激しい頭痛がセリアを襲った。

しかし、ほんのすこしだけ、檻《おり》が白っぽくなっている。

この解除魔術は有効かもしれない。

大きく息を吐きながら必死に痛みをこらえ、セリアはもう一度、その魔術を唱えた。

「くっ」

疲労も痛みも、蓄積されて強くなっていく。

(でもわたしにできることなんて、これしかないから)

背筋を冷たい汗が流れていく。

これが有効かどうか、わからない。

もしかしたら効果がないことかもしれない。

いまのセリアは精神だけだ。精神の疲労は、身体にどんな影響をもたらすのか。

よい影響ではないということは、セリアにも想像できる。

それでも、もう使える魔術はすべて試してみた。残った方法はこれしかない。

セリアに詠唱をやめる気はなかった。

何十回魔術を唱えただろう。

ふいにセリアを捕らえていた漆黒《しっこく》の檻《おり》が消失した。

（あ……）

気がつけば、セリアの意識はもとの身体に戻っている。そこは、あの薄暗い屋敷だった。

解除魔術は効いているようだ。けれど身体はとても重く、指先さえ動かすことができなかった。

自分の思い通りに動かない。

（精神を解放することには成功したみたい。でも完全ではないわ。身体が鉛《なまり》のよう……。

まだ自由には動けない）

気を抜けば、すぐにその場に崩れ落ちてしまいそうだ。でもそんなことになったら、魔術が解けかかっているとマリーツィアに気づかれてしまう。

セリアは崩れ落ちそうになる身体に力を入れ、体勢を維持しようと必死になった。

「来たわ」

そのときに聞こえてきたのは、嬉しそうなマリーツィアの声。

（来た？　ジェラールが？）

彼女の視線の先に、扉がある。それがゆっくりと開いた。

姿を現したのは、ジェラールだった。

セリアが見たことがないくらい厳しい目をした彼は、部屋の中を見渡し、人形のように座ったままのセリアとマリーツィアを見た。

「ひとりか。……そうだろうな」

ジェラールの地を這《は》うような低い声に、彼女は明るく答える。

「ええ。サリジャはいないわよ。あれにはまだ用があるから、あなたに壊されては困るのよ。大人しくしていると思うわ。この子の父親と一緒にね」

身体を動かさないようにしていたのに、その言葉を聞いて動揺してしまう。だがマリーツィアは、目の前にいるジェラールに気を取られ、セリアの様子には気づいていないらしい。

(やっぱりお父様も捕らわれているのね)

「自由に使える人形が多いほうが、ゲームは楽しくなるわ」

自分が黒幕だということを隠そうともしないマリーツィアの言葉に、ジェラールは驚いた様子を見せない。まるで最初から知っていたかのような落ち着きぶりだった。

「あなたは人形にはできそうにないわね。残念だわ。とても綺麗な人形になりそうなのに」

彼女の正体は、なんなのだろう。

セリアは戸惑いを隠せない。

彼女にとって、サリジャなど自分が楽しむゲームの駒《こま》にすぎないのではないか。

それに、彼女の目の色が変化するのもおかしい。

ジェラールは、彼女をどう思っているのだろう。

「お前のゲームはもう終わりだ。国王陛下もようやく事態を理解なさった。じきに、サリジャは捕縛《ほばく》されるだろう」

「まあ、あんなにあなたを毛嫌いしていた国王が話を聞くなんて、思わなかったわ。困ったわね。最後にはすべて、あなたのせいにしようと思っていたのに」

だってそうでしょう、とマリーツィアは続ける。

「やり方は違っても、公爵家の令嬢を手に入れて、国王になろうとしたことは同じだもの。公爵家の後ろ盾を手に入れたら、もともと評判の悪いサリジャなんて相手にならない」

（え……っ、ジェラール？）

その話のあまりの衝撃に、セリアは人形を装《よそお》っていることも忘れて息を呑んだ。

マリーツィアの言うことなど、信用できるはずがない。そう思っていても、言い返さないジェラールの沈黙に不安が募《つの》る。

（ジェラールは国王にならないと言っていたわ。わたしと一緒に、魔術の研究をする日々を過ごしたいって）

そう思い出し、セリアは自《みずか》らに言い聞かせる。

こんな女の言葉よりも、ジェラールが語ってくれた言葉を信じよう。

（だってわたしは、ジェラールの妻だもの）

愛する人の言葉を、信じなくてどうするのだ。

「サリジャが捕まるとなると、困ったわね。人形がなくては遊べなくなるわ。……ああ、人形といえば、ここにもひとつあったわね」

マリーツィアはちらりとセリアを見た。

「これで遊ぼうかしら」

くすくすと笑いながら、そうそぶく。だがそんな言葉にも、ジェラールは顔色ひとつ変えなかった。

ただ視線をセリアに向ける。――目が合った。

（ジェラール）

彼は見つめ合ったセリアの目に、しっかりとした意志を感じたのだろう。

セリアにしかわからないほどの、わずかな笑みを浮かべた。きっと、セリアが自分で必死に魔術を解こうとしていることを、知っているのだ。

その視線に強い信頼を感じる。

（ジェラールは、わたしを信じてくれている。わたしならこの魔術を自分で打ち破れるはずだと思ってくれている。その期待に、応《こた》えないと）

まだ身体は自由に動かず、いまにも倒れこんでしまいそうな疲労感がある。

けれど精神が身体に戻ることができたのだから、解除魔術は効果があるはずだ。

セリアは両手に力をこめて、目を閉じる。

そうしてマリーツィアに聞こえないように小さな声で、魔術を唱えた。

あと何回、この魔術を唱える魔力が残っているだろう。

（限界を超えても、それでも、がんばる。絶対に、ジェラールの枷《かせ》にはならない！）

そのときなぜか、マリーツィアがセリアを振り返ろうとした。けれど同時に、ジェラールの魔術が彼女に襲いかかる。

ジェラールの攻撃魔術は、氷撃だった。冷たい氷のかけらがマリーツィアに向かって降り注《そそ》ぐ。

彼女はすぐに結界を張ったようだが、いくつかは防ぎきれずにマリーツィアに当たった。彼女の白い皮膚が裂け、血が滴《したた》る。ジェラールは彼女に動く隙《すき》を与えないように、次々と攻撃を繰り出す。

マリーツィアを、セリアに近づけないように。

それが自分のための時間稼ぎだと、セリアにもわかった。

部屋の気温が下がり、床や壁に氷が張っていく。

その間にセリアは必死に、自分に解除魔術をかけ続けた。

どんなにジェラールが優れた魔術師でも、あれだけ強い魔術を使い続けていては、そう長くはもたない。一刻も早く魔術を解除して、彼の負担を減らさなければ。

頭痛がひどくなり、冷たい汗が流れてくる。

それでも、ひとときも休まずに魔術を唱え続けていた。

ジェラールがこんなに攻撃魔術を連射するとは、マリーツィアは思わなかったのだろう。苛立《いらだ》った様子で、ジェラールを睨《にら》む。彼女の目が赤く光った。

「こんな魔術で私を倒せるとでも?!」

いままでの様子とはまた違う、威圧的な声。

マリーツィアは軽く手を振って、ジェラールの氷撃を打ち払う。

「こんなものは効かないわ。あまり私を怒らせないほうがいいわよ」

そう言った彼女の全身から、黒い霧《きり》のようなものが漂《ただよ》った。

それを目にした瞬間、ぞくりとした。セリアは本能的に悟《さと》る。

あの霧《きり》はとても危険なものだ。

魔術などではない。悪意そのものであり、触れただけで人の身体など細切《こまぎ》れにしてしまうだろう。

それに、ジェラールの攻撃魔術も、かなり強力なものだ。

それを多少受けたのに、ひとつも致命傷にならなかったのだから、その魔力は計《はか》り知れない。

このままでは、ジェラールが危ない。

そう思ったセリアは、ありったけの魔力を使って、解除魔術を唱えた。

そして、彼のことを強く思う。

（ジェラール！）

パリンッ、と硝子《がらす》が砕けたような音がした。

それが、禁忌《きんき》の魔術を打ち破った音だったのだろう。

（身体が軽い……動かせる！）

セリアは自由になった身体を必死に動かして、ジェラールの前に立《た》ち塞《ふさ》がった。

「セリア！」

黒い霧《きり》は、セリアを避けるようにして逸《そ》れた。

わずかに髪を掠《かす》める。

長い金色の髪が舞《ま》い、ジェラールが慌てて彼女をかばうようにして抱きかかえた。そして彼女の全身に目を走らせ、傷がないことを確かめると、安堵《あんど》の息を漏《も》らす。

「無茶をするな！」

声はきついが、ジェラールは心底心配そうにセリアの髪を撫《な》でる。その手の優しさに、ようやく彼のもとに帰ることができたという思いが、胸に広がっていく。

「ジェラール、勝手なことをしてごめんなさい」

ジェラールは慎重《しんちょう》に事を進めていた。セリアさえ彼らに捕らえられなければ、こんなふうに追いつめられることはなかったのだ。

「あらあら、お人形がいつのまにかひとりで歩き回っているわね」

抱き合うふたりに、近寄る女。

セリアが魔術を解除した様子を見ても、マリーツィアに焦りはまったく見られない。

「いまはまだ、お人形を壊すわけにはいかないのよ。邪魔をしないで——と言っても、無理そうね」

大げさにため息をつきながら、彼女はこちらに手をかざす。

次の瞬間、彼女はセリアに向かって魔術を放った。

「な、……何を」

「いまのように何度も飛びこんでこられたら面倒だから、防御をかけたわ。これで私の魔術が当たっても傷つくことはない。けど、痛みや苦しみは感じるから、当たらないほうが身のためよ。あなたのようなお嬢様に、耐えられる痛みではないわ」

傷はつかないとはいえ、魔術が当たれば身体が千切《ちぎ》れるような痛みを味わうことになると、マリーツィアは笑いながら告げた。

「さあ、いくわよ。王弟、今度こそ死になさい」

闇そのもののような黒い影が、マリーツィアから放たれた。

それは鋭《するど》い刃《やいば》と化し、周囲に防御魔術を張るジェラールに襲いかかる。

そしてジェラールの防御魔術を何もないかのように潜《くぐ》り抜けた。

魔術同士が接触すると、なんらかの衝撃や抵抗があるものだ。それがないということは、マリーツィアが放ったのは魔術ではないのではないか。

「だめっ！」

あんなものに、触れさせてはならない。

セリアは両手を広げ、全身でジェラールをかばった。勢いよく、影がぶつかってくる。

「くぅ……っ」

全身が切り裂かれたような痛みが走る。想像を遥かに超えた痛みだった。

噛《か》み締めた唇から血がにじみ、口の中に生臭い味が広がった。

けれどセリアは膝を折らず、まっすぐに伸ばした両手も下ろさない。

「……わたしは、平気よ。これくらいなんともないわ。だからジェラール。あの人を、倒して」

平静を装《よそお》ってそう告げる。

（大丈夫。声も震えていないし、手も下がっていない）

痛みを必死にこらえ、セリアはまっすぐに立ち、マリーツィアを見上げる。

「その強がりが、どこまでもつかしら。人形は人形らしく、ただ私に遊ばれていればいいのよ」

彼女はセリアの目の前に片手を突き出した。

その手のひらに集まる黒い闇。

衝撃を覚悟して、目を閉じる。

——しかし、それは来なかった。

「……セリア」

かわりに耳元で聞こえた、ジェラールの声。

同時に、身体がふわりと浮き上がった。

セリアを抱いたジェラールが、闇を避けるように背後に飛び退《の》いていた。

「無理はするな。このまま、背後の扉から逃げるんだ」

「嫌よ。そんなことをしたら、ジェラールが」

自分だけ逃げるなんて、できるはずがない。

「それにマリーツィアが見逃《みのが》してくれるとは思えない。ねぇ、あの人は、なんなのかしら。魔術師ではないような気がするわ」

「……そうだ。あれも魔術ではない。強いて言うのならば、闇そのもの。それを防ぐすべなど、あるのかどうか」

そう答えながらも、ジェラールに焦りは見られない。それがセリアを徐々に落ち着かせた。

マリーツィアは、獲物を追いつめた猛獣《もうじゅう》のように、笑みを浮かべてこちらを観察している。今さらふたりがどう足搔《あが》こうと、自分の優位は変わらないと思っているのだろう。そして、それだけの力を彼女は秘めている。

けれどセリアだって、いままで無駄に魔術を勉強していたのではない。読んできた本、そして図書室で得た知識を総動員して、抵抗できるすべを見つけ出す。

「相手が闇ならば、光は……？　神聖魔術は効かないのかしら」

「セリア、神聖魔術を使えるのか？」

「ええ、そんなに難しいものは無理だけど、覚えている魔術がいくつかあるわ。使ったことはないけれど……」

しかし、精神を操《あやつ》る魔術を解除するため魔術を使ったせいで、セリアの魔力はほぼ尽きかけている。これでちゃんと魔術が使えるだろうか。

「でもわたしよりも、ジェラールが使ったほうが確実かもしれないわ」

「……いや、俺は神聖魔術は使えない。それはもう失われた魔術だ。……セリアが使え

ると は思わなかった」

安堵《あんど》したように、ジェラールは言う。失われた魔術という意味はよくわからないが、役に立ちそうで、セリアもほっとする。

「ならば俺が、攻撃魔術で足止めする。その間に詠唱をしてほしい」

「……わかったわ」

神聖魔術は、ほかと比べて詠唱時間が長い。

マリーツィアも、それを大人しく待ってはいないだろう。

「頼むぞ、セリア」

ジェラールは短くそう言う。セリアが頷《うなず》いて詠唱を始めると、彼はマリーツィアに向かって攻撃魔術を繰り出した。

部屋の温度がさらに下がったと感じるくらいの、氷撃。

先ほどよりも速度を上げて繰り出される攻撃に、さすがのマリーツィアも防御するしかない。

「何かこそこそと話していると思ったら、またさっきと変わらない攻撃。いくらか威力は増しているようだけど、こんな魔術では私を倒すことなんてできないわよ」

氷撃は、さらに激しさを増していく。

肩や腕に当たるそれを不快そうに払うと、マリーツィアは両手をジェラールに向かって突き出した。

闇が、その手のひらに集まる。

ジェラールの魔術によって気温が下がって、セリアの身体が震える。さらに焦りが加わり、セリアは詠唱を失敗してしまう。

（こんな場面で失敗するなんて！）

歯噛《はが》みをする時間も惜《お》しい。

魔力はもう残り少ない。さらに痛みに支配された身体は、体力もひどく消耗《しょうもう》している。

今度失敗したら、あとがない。

（ジェラール、ごめんなさい）

もっと集中しなければならない。

セリアはジェラールから目を逸《そ》らし、また最初からゆっくりと、神聖魔術を唱えた。

これをすこしでも早く完成させることが、彼を助けることにもつながる。

集中しようとするセリアの耳元で、空気を切り裂くような音がした。

視界の端に、赤い色が広がる。

血の匂いが漂《ただよ》ってきた。

震えそうになる両手を爪が食いこむくらい握《にぎ》り締め、セリアは詠唱を続けた。

「……その魔術。まさか」

ジェラールと対峙《たいじ》していたマリーツィアは、セリアが唱えている呪文《じゅもん》に気がついたようだ。先ほどまでの余裕は消え去り、焦りを隠さずに声を荒らげる。

「神聖魔術？　もうすべて失われたはずなのに！」

どうしてジェラールも彼女も、神聖魔術を失われた魔術だと思っているのか。

そう疑問に思ったところで、この魔術が、祖父の形見の魔術書に載っていたものだと思い出す。

とても古くて貴重な本だ。現存しているものは少ないのだろう。ジェラールでさえ、習得していなかったのだ。セリアが持っていた本がもしかして最後の一冊だったのか。

マリーツィアが攻撃をセリアに向ける。

だがそれよりも早く、セリアの魔術が発動した。聖なる光が、カッと一面に広がる。

それはけっして強い魔術ではない。底を尽きかけていたセリアの魔力でも使えるくらいだ。

とはいえ闇にとって何よりも有毒な、聖なる光の魔術。

「ぎゃあああああぁぁッ！」

マリーツィアはその光を受けて床に伏せる。まるで火に焼かれているかのように煙を身体から発しながら、壮絶な悲鳴を上げて転がった。

聖なる光がここまで彼女に効くとは、思っていなかった。

彼女のあまりの苦しみように、セリアは罪悪感でいっぱいになる。

彼女にはもう、戦闘能力はない。ならば、すこしでも痛みを和《やわ》らげることはできないだろうか。

そう思ったセリアは、そっとマリーツィアに近寄った。

その姿は、あまりにも無残だ。美しかった黒髪は焼け焦げ、白い肌には火傷《やけど》が広がっている。敵とはいえ、女性をこんな姿にしてしまったことに、心を痛めた。

(治癒《ちゆ》魔術は効果があるのかしら。でも、治癒《ちゆ》魔術も光を使うから、かえって傷を深めるだけかも……)

どうしたらいいか迷っていると、ジェラールがゆっくり近づいてくるところだった。

「セリア」

マリーツィアの攻撃を受けたのだろう。彼の半身が血に染まっていて、痛々しい。

「ジェラール！」

慌てて駆けつけたセリアに、ジェラールは微笑んだ。

「成功したね」

「ごめんなさい、一度間違えてしまって」

詠唱を間違えなかったら、ジェラールは傷を負うこともなかったかもしれない。いまにも泣き出しそうなセリアに、ジェラールは優しく言う。

「いままで一度も使ったことのない魔術を、知識だけで使ったのだから、仕方ないよ。むしろあの状況でよく成功したと思う。本当にがんばった」

優しくそう言われ、セリアの目に涙がにじむ。

「……怖かった」

彼が髪を撫《な》でてくれると、緊張が抜けたせいか次から次へと涙が溢《あふ》れてきた。傷を負った彼の手当てをしなければならないのに、すぐに泣きやむことができない。

しばらく彼の胸にしがみついて、セリアは泣き続けた。

しかし——

「……ッ、ぐ……」

苦しげな声が聞こえ、我に返る。

床に転がるマリーツィアの呻《うめ》き声だ。

振り向くと、火傷《やけど》のような跡はますます広がり、あの美しかった容貌《ようぼう》は見る影もない、ひどい姿になっている。

「ジェラール、お願い。彼女なのだけど……」

痛みだけでも、取ってあげられないだろうか。そう相談しようとしてジェラールを見上げると、彼は静かに答える。

「セリア、すこし離れていて」

「はい」

ほっと胸を撫《な》で下ろすセリア。ジェラールならマリーツィアを助けることもできるだろう。

彼女に必要以上の苦しみを与えるのは、セリアの本意ではない。

するとジェラールは懐《ふところ》から何かを取り出した。

わずかなカーテンの隙間から差しこむ光に反射して、それはきらりと光る。

眩《まぶ》しくてセリアは思わず目を逸《そ》らす。

次の瞬間、視線を戻し――

「ジェラール！」

セリアの絶叫が、部屋に響き渡る。

床には、胸にナイフを突き立てられて絶命したマリーツィアが、目を大きく見開いたまま転がっていた。血に塗《まみ》れたナイフの刃《やいば》は水晶でできているらしく、透明で輝いている。

「……どうして」

呆然として呟《つぶや》いたセリアに言葉を返さず、ジェラールは魔術を使い扉を開けた。

扉の先には、見慣れたセリアの部屋が見える。

「セリア。魔力を使い果たして疲れただろう。今日はもう、休んだほうがいい。あとのことはすべて俺がやっておくから、何も心配はいらない」

淡々とした様子の彼に、どう答えたらいいのかわからない。セリアは目の前に立つジェラールをただ見上げる。

しかし彼はもう何も言わない。

セリアは困惑しながら、彼に促《うなが》されるまま自分の部屋に足を踏み入れた。

（ジェラール……。どうしてあんなことを）

声に出さない問いに、答えがあるはずがない。でもどうしても、はっきりと聞く勇気が持てなかった。

本当に彼は、セリアが愛した、そしてセリアをあんなにも愛してくれた、あのジェラールなのだろうか。

セリアが部屋に入ると、背後で扉が静かに閉められた。

「……ジェラール」

彼の気配が消えると、セリアはようやくそれだけ呟《つぶや》く。

マリーツィアは、本当に危険な人物だった。どんなに弱っているように見えても、けっして油断してはいけなかったのかもしれない。

けれどもう身動きすらできない相手の胸に、ナイフを突き立てるなんて――

セリアはそのまま倒れこむようにして床に横たわった。

(彼女はもう、抵抗することさえできない状態だったのに……)

命まで奪うことはなかったのではないか。

そう思う自分は、甘いのだろうか。

セリアは汚れた服装のままだった。でも着替える気力どころか立ち上がる気力もなく、そのまま目を閉じた。

疲れ果《は》てた心と身体は、そのまま眠りへと落ちていく。

答えの出ない問いを繰り返しながら、セリアは意識を手放した。

# 第四章

深い海の中に沈んでいくような感覚だった。

どんなに目を凝《こ》らしても真っ暗で、何もできない。

息が止まりそうになって、必死にもがいたところで――セリアは目を覚ました。

（夢か……）

寝台の上に寝ているようだ。

起き上がる気力も、ここがどこなのか確かめる気力もなく、セリアはそのままぼんやりと天井を見つめた。

見慣れた天井。どうやら自分の部屋らしい。

「セリア様！」

目が覚めたことに気づいたのか、緊迫した声でキィーナがセリアを呼ぶ。彼女はすぐさま寝台のそばまで走り寄ってきた。

「キィーナ？」

確かめるように名前を呼ぶと、キィーナは心から安堵《あんど》したように、深く息を吐く。

「よくお目覚めで……。三日前、寝室で倒れているお嬢様を見つけたのですよ。それからずっと眠り続けていらして……」

「どうしたの？」

そんなに、とセリアは驚きの声を上げる。

おそらく魔力を使い果たしてしまったせいだ。

ゆっくりと手を上げてみると、身体は随分と楽になっていた。衣服は綺麗で清潔なものにかわっている。キィーナが着替えさせてくれたらしい。

あのあと、ジェラールはどうしたのだろう。

そして父やサリジャは、どうなったのか。あと――

「お父様。お父様は、今、どうされていますか」

父を操《あやつ》っていたマリーツィアは、ジェラールによって殺害された。

ならば魔術は解けたのかもしれない。

そう期待をこめて尋ねると、キィーナは顔を歪《ゆが》める。

「お嬢様と同じ日に、旦那様は王城で倒れて屋敷に運びこまれました。ですが、いまだにお目覚めにならないご様子です」

「そんな」

遅かったのだろうか。

セリアは唇を噛《か》み締める。

魔術をかけた者が死んでも、父の精神は、まだ魔術に捕らえられているのだろうか。

だから、目覚めないのかもしれない。

「お父様に会いに行きたい。お願い、キィーナ。連れていって」

「お嬢様」

解除魔術を唱えたら、父は意識を取り戻すかもしれない。

セリアはキィーナに、父のもとに連れていってくれるように懇願《こんがん》した。

はじめはまだ目覚めたばかりだからと身体を心配していたキィーナも、あまりにも必死なセリアの様子に聞き届けてくれた。

父の私室はそう遠くはない。それでもひとりでは立つことも難しいセリアにとっては、遠い道のりだった。

セリアはキィーナに抱えられるようにして、ゆっくりと歩いて父の部屋にたどり着く。

寝台のそばに椅子を用意してもらい、苦労してそこに座った。

「……お父様」

青ざめた顔をした父は、娘の呼びかけに応《こた》えることなく眠り続ける。

（魔力はまだ戻っていないけれど、でもやらなくては）

セリアは父の手を握《にぎ》り、自分の精神を縛る檻《おり》から脱出させた、あの魔術を唱える。

一度目は、なんの反応もなかった。

しかしセリアのとき、魔術は何度も唱えて効果が出た。二度目を唱えると、握《にぎ》った手がすこし動く。

セリアは期待をこめて三度目を唱える。

最後の一音を言い終えた途端、父の瞼《まぶた》がぴくりと動いた。そして父はゆっくりと目を開ける。

やはり解除魔術は有効だった。

「お父様！」

「……セリア、か」

掠《かす》れた弱々しい声。いまにも閉じてしまいそうな目。

けれど彼の目はまっすぐにセリアを見つめてくれた。

セリアは思わず彼の首元に抱きつく。涙がこみ上げてきた。

「……すまない。苦労を、かけた」

首元に抱きつき、泣きじゃくる娘の頭を、父は力の入らない手で優しく撫《な》でてくれる。

ようやく、本当にようやく父をこの手に取り戻した。

父子の抱擁《ほうよう》にキィーナは涙を浮かべる。そしてはっと我に返り、医者を呼ぶと言って慌てて部屋を飛び出していった。

目覚めた父は、操《あやつ》られたときのことを完全には覚えていなかった。それでもあやふやな記憶を探《さぐ》りながらすこしずつ、いままでの状況を話してくれた。

一年前、父はサリジャと王城で会った際に、相談したいことがあると言われたようだ。

国王は、素行の悪い息子サリジャを憂《うれ》い、廃嫡《はいちゃく》した。しかし本当はサリジャを気にかけていたらしい。それに気づいていた父は、サリジャの相談に応じた。指定された場所に行くと、そこにはサリジャだけではなく、黒い髪をした女魔術師がいたらしい。

(マリーツィアだわ。やはりサリジャ様も、その頃から彼女に操《あやつ》られていたのね)

サリジャは、マリーツィアにとってゲームの駒《こま》でしかなかったのだろう。

「それからのことは、しっかりと思い出せない。お前の姿も見ていたような気がするが、記憶がほとんどないんだ。とにかく、お前をつらい目に遭《あ》わせてしまった、と思ったことだけは、心に残っている。本当に、すまなかった」

セリアに頭を下げる父に、慌てて首を振る。

「わたしならば、大丈夫です。ジェラール様がいろいろと助けてくれたから」

「ジェラール？　もしや王弟殿下か？」

驚く父に、セリアは頷《うなず》く。

「そう、わたし、ジェラール様にいろいろとよくしてもらっていてね。彼が守ってくれたの。だから大丈夫です」

安心してほしくてそう言ったのに、父は次第に難しい顔になっていく。

「お父様？」

「……いや、誰かに、ジェラール様は非情な方だと聞いた気がするんだが……。サリジャ様からだっただろうか……。あれは、嘘か……？　セリア、何か問題はなかったか？」

「え？」

予想外の言葉に、セリアは驚きの声を上げた。

（ジェラールが非情？　そんなこと……）

父の言葉を即座に否定しようとして、セリアは固まる。マリーツィアにとどめを刺したジェラールの姿が頭に浮かんだのだ。その姿はたしかに、父が言うように非情に見えた。

（ジェラール……。どうしてあんなことを）

黙りこんだセリアを見てどう思ったのか、父は気遣うように優しく言う。

「大丈夫だ。あとのことは任せなさい」

父の言葉に、セリアは首を横に振る。

たしかに、マリーツィアにとどめを刺したジェラールを、恐ろしいと思った。彼がどうしてあんなことをしたのかも理解できない。

それでも、セリアの知るジェラールが、出会ったときから穏やかで優しかったことは変わらない。あの行為にも、絶対に理由があったと信じるべきだ。

「何も問題はありません。わたしを助けてくれたばかりではなく、お父様を解放する手段を探せたのもすべて、ジェラール様のおかげです」

笑みを浮かべてきっぱりとそう言ったセリアに、父は驚いた様子だった。

目覚めたばかりの父にあまり無理をさせてはいけない。セリアはキィーナに父の看病を頼み、ひとりで自分の部屋に戻ることにする。

廊下に出た途端、くらりとして壁に手をついた。ひんやりとした感覚が、火照《ほて》った身体に心地いい。

（まだ魔力は全部回復していないのね……。眩暈《めまい》がする）

それでも急いで部屋に戻る。ジェラールに会いたかったからだ。あの戦闘で彼も、浅くない傷を負っただろう。

早く会って、無事を確認したかった。それに――

(わたしの愛した人が、わたしを愛してくれた人が、なんの理由もなくあんなことをするなんて考えられないわ)

父の言葉が、ジェラールを信じる心を取り戻させてくれた。

ジェラールに会って、話を聞こう。

これ以上ひとりで悩んだり考えこんだりするのは、時間の無駄だ。ジェラールの言葉を信じたい。

自室に戻ると、セリアは図書室への扉を開こうとした。

呪文《じゅもん》を唱え、扉をつなぐ。

魔法の扉が開き、そこには見慣れた図書室が見える――はずだった。

「え?」

それなのに扉は開かない。何度試してみても、図書室に通じる扉が開かれることはなかった。

(そんな……図書室への道は、もう閉ざされてしまったの?)

魔術はしっかり覚えている。間違えていないのに通じないということは、ジェラールが魔術を上書きしたとしか考えられない。

それはジェラールから拒絶されたと同じことだ。

（まさか……そんなわけない）

信じられなくて、セリアはまだ魔力が回復していない状態にもかかわらず、何度も同じ呪文《じゅもん》を唱える。最後には眩暈《めまい》がひどくなって立っていることもできなくなり、ぐったりとその場に座りこんだ。

（ジェラール、どうして？）

セリアの胸に、絶望に似たものが広がっていった。

あれから、十日ほど経過した。

会えない日が続き、不安だけが日ごとに積み重なる。

その間に父は順調に回復し、王城に行くこともできるようになっていた。セリアはマリーツィアから聞いた話をすべて父に伝え、国王陛下にも正しく伝えてほしいと頼んだ。

そして王城から帰ってきた父は、あの事件がどうなったのか教えてくれた。

サリジャは魔術師に禁忌《きんき》の魔術を使わせた罪で、王都の北にある牢獄《ろうごく》に幽閉《ゆうへい》されることになったようだ。禁忌《きんき》の魔術を使うことは、王族ですら厳罰に処せられる行為だ。だが、セリアの証言で、サリジャもまたマリーツィアに魔術をかけられていたことがわかっている。そのため処刑でなく、幽閉《ゆうへい》に留まったようだ。

とはいえ、彼は生涯《しょうがい》その牢獄《ろうごく》から出ることはないだろう。

「お父様、お願いがあります」

父の話を聞き終えると、セリアは両手を組み合わせ、そう切り出した。

「わたしを王城に連れていってほしいのです」

「セリア？」

父は不思議そうに、娘の顔を見つめる。

「まだ王城は混乱している。お前も被害者なのだから、事情を知りたいと思うのはわかるが、まだ時間が……」

「違います！」

父の言葉を遮《さえぎ》り、セリアは思わず大きな声を出していた。

「ジェラール様に会いたいのです。彼と話がしたい。だから王城に行きたいのです」

こんなふうに、父に向かって自分の意見を強く主張するのは初めてだ。父は顔をしかめた。

「だめだ」

セリアは思わず縋《すが》るような顔をして父を見上げた。

「お父様……」

「危ないところを救われたのだ。ジェラール様に恩を感じるのも、直接礼を言いたいと思うのも当然だ。だが今、お前をジェラール様に会わせるわけにはいかないのだ」

「それは、どうしてですか」

セリアは背筋を伸ばし、まっすぐに父を見た。

なぜ、ジェラールに会わせたくないのか。

明確な理由を聞くまでは、引き下がるつもりはなかった。

「元凶であるマリーツィアはもういません。事態は収まったはずです。王城は、なぜ混乱しているのですか？」

いままではほとんど屋敷の外にも出ず、舞踏会にも数回しか出席していなかったから、知らなかった。けれどジェラールの話や、横暴に振る舞《ふま》っていたサリジャの様子から察するに、王城は綺麗なだけの場所ではないのだろう。

サリジャは幽閉《ゆうへい》され、もう二度とこの王城には戻らない。

ならば王太子の地位を争って騒動が起きている可能性が高い。あれから姿を消したジェラールも、それに巻きこまれているのかもしれない。

「それはお前が知る必要もないことだ」

父は厳しい口調で言い切る。しかしすぐに、声色が変わった。

「まだ疲れが残っているだろう。部屋でゆっくりと休みなさい」

優しくそう言った父の顔を見ると、本当にセリアを気遣っているとわかる。

（……ごめんなさい）

父の気持ちを思うと心苦しいが、セリアはもう、以前の世間知らずで従順なだけの娘ではない。ジェラールを愛し、これからずっと一緒に生きていくと精霊の前で愛を誓ったのだ。

「わかりました。ならばひとりで行きます」

「セリア？」

扉をつなげば、王城にもすぐに行ける。すぐにそうしなかったのは、父を心配させたくなかったからだ。

「お父様、わがままを言ってごめんなさい。でもわたしは、ジェラール様が大切なのです。彼のところに行きます」

扉に近づき、呪文《じゅもん》を唱える。

魔術を使うのだとわかったらしく、父は青ざめた様子で駆け寄ってきた。

「だめだ。いまの王城で魔術を使えば、お前まで巻きこまれる」

「え？」

あまりにも必死な父の様子に、セリアは呪文《じゅもん》を途中で止める。淡《あわ》く光っていた扉は、すぐに元に戻った。

「巻きこまれる？　お父様、それはどういうことですか？」

詰め寄ると、父は大きくため息をついて、長椅子に腰を下ろす。

「……本当は、こんな話はしたくなかったんだが……言わなければひとりで王城に乗りこんでしまうというなら、仕方がない。座りなさい。いまの王城の状況を説明しよう」

疲れ果《は》てたような声に、セリアは大人しく従《したが》った。

「サリジャ様が幽閉《ゆうへい》されたことは話したな。これでサリジャ様が王太子に復帰される可能性は皆無になった。そこで次の王太子をどなたにするか、という問題が王城で発生している」

やはり、セリアの予想通り、王位の後継者争いが起こったようだ。静かに頷《うなず》くセリアに、父は言葉を続ける。

「候補はおふたり。国王陛下の異母弟であられるジェラール様と、国王陛下の妹君の御子息、アラスター様だ」

「アラスター様……」

ジェラールから聞いた名だと、セリアは思い出す。

「だがどちらにも、少なくない問題がある。ジェラール様は初代国王を彷彿《ほうふつ》とさせる素晴らしい魔術師であるが、母親の生家の後ろ盾が弱い。アラスター様は母親が王族で父親も大貴族の出身であるから、血筋的にはまったく問題がない。学もある。だがお身体が弱く、いままで一度も海辺にある療養地から離れたことがないのだ」

アラスターの体調さえ回復すれば、その問題も解決すると父は説明する。

この国ではほんの数代前までは、魔力の強い者が国王になっていた。

王国の伝統や歴史を大切にする者はジェラールを、正統な血筋を重要視する者はアラスターを推《お》しているようだ。

(きっと国王陛下の側近はみんな、お父様のようにアラスター様を支持しているのね)

父の説明がアラスター寄りなのは、そのせいだろう。国王は、それほどまでジェラールを嫌っているのだろうか。

セリアがジェラールのもとに行けば、リィードロス公爵家がジェラール側についたと思われる。父はそれを危惧《きぐ》しているのだ。

だがジェラールは、アラスターが王になると言っていた。彼に国王になろうという意志はない。

両親を早くに亡くし、国王に警戒され、争いに巻きこまれてきたジェラールのいままでの人生を思うと、涙が出そうになる。

きっと彼の望みは、王城を出て静かに暮らすことだ。

ならばセリアも、彼の妻として一緒に行きたいと思う。

セリアが思いを新たにしたところで、父は言いづらそうにこぼす。

「それに加え、アラスター様を支持する者たちが、すこし過激な方法を取ろうとしている」

「過激、とは？」

長く側近をしてきた父が過激と言うくらいだ。普通の手段ではないだろう。しかも彼らが仕掛けようとしている相手はジェラールなのだ。

きっと父は、このような政治に関する黒い話を娘に聞かせたくないのだろう。口ごもる父に、セリアは強い視線を向ける。

「お父様！」

焦《じ》れたように先を促《うなが》すセリアに、静かな声で告げる。

「……サリジャ様を誑《たぶら》かし、この騒動を仕組んだはずの魔術師の姿がない。ジェラール様は『魔術師は死んだ』とおっしゃるが、証拠がないのだ。だから彼らはジェラール様がサリジャ様を蹴落《けお》とすために、一連の事件を企《たくら》んだのではないかと……」

（なんてことを！）

もう父の話を最後まで聞いていることなどできなかった。セリアは身を翻《ひるがえ》し、扉をつなぐ呪文《じゅもん》を唱えようとする。それを父が止めた。

「待ちなさい、セリア」

扉との間に割りこむようにして立つ父を、セリアは見上げる。

「お前はジェラール様のこととなると、平静ではいられなくなるようだ。何かあったのか？」

「わたしは……」

セリアは感情のままに、父にすべてを話した。

初めての出会い。

祖父の遺《のこ》した魔術書と、書きかけの本のこと。

魔術を習ったり、砂漠で助けてもらったりしたこと。

そしてふたりだけで、精霊を祀《まつ》った聖殿で結婚式をしたことまで――

セリアの父は厳しい顔をしてセリアを見つめた。公爵家のひとり娘が父親の了承も得ず、勝手に結婚を決め、身を捧《ささ》げてしまったのだから、それも当然だろう。

父は長く黙りこんでいたが、やがて口を開いた。

「それが仕組まれたものではないかと、すこしも考えなかったのか？」

「お父様？」

叱られるのは覚悟していた。しかし、まさかそんなことを言われるなんて思わなかった。

「なぜそんなことを？　わたしとジェラールは、本当に……」

「すべてができすぎている。ジェラール様に必要なのは、後ろ盾だけだ。リィードロス公爵家ならば、その役割が果たせる。お前は彼に利用されたのではないか」

父の言葉に、セリアは唇を噛《か》み締める。

マリーツィアも、そんなことを言っていた。

──ジェラールはなぜ、彼女を殺したのだろう。その疑問がまたも頭に浮かぶ。

(口封じのため？　……いいえ、そんなことはないわ。わたしはジェラールを信じるもの)

父の視線は厳しいものから、同情的なものへと変わっている。父もまた、ジェラールを疑っている者のひとりなのだろう。

そうでなければ、こんなことを言うはずがない。

「ジェラールは王にはならないと言ったわ。アラスター様が王になると。わたしには、ふたりで魔術の勉強をしながら静かに暮らそうって……。彼は精霊に愛されている人だから、嘘はつかないわ」

「ならばなぜ、お前のもとを訪れない？　ジェラール様は後継者争いを続けている王城に留まっている。もしその言葉が本当ならば、すぐに身を引いたはずだ」

あれ以来、ジェラールに会えていないのは事実だ。セリアは何も言えずに黙りこんでしまう。

「大丈夫だ。お前はまだ正式な結婚に至っていないのだから。しばらく部屋で静かにしていなさい」

「でも！　ジェラールに会いたいのです！　それで彼に直接、考えていることや会ってくれない理由を聞きたい」

そう訴《うった》えるセリアに、父は静かな声で言った。

「当分の間、屋敷から出ることは許さない。もし魔術を使って抜け出したりすれば、娘がジェラール様にさらわれたと国王陛下に訴《うった》える」

「そんな！」

そう脅されてしまえば、もう無理に魔術を使えない。

「セリア……」

慰《なぐさ》めようとする父の手から逃《のが》れ、セリアは部屋を出る。

そのまま自分の部屋まで駆け戻ると、寝室に閉じこもって鍵をかけた。心配したキィーナが声をかけてくれたが、ひとりにしてと言って、寝台に伏せる。

（ジェラール……。大丈夫なの？　つらい思いをしていないといいけれど……）

たしかに彼の言動には不明な点が多い。それでもセリアは、騙《だま》されたとは思っていない。

人を騙《だま》して王位を狙うような人間が、精霊に愛されるはずがない。

それに、精霊を祀《まつ》った聖堂で愛を誓ったのだ。もしそれが偽《いつわ》りならば、もう精霊の加護は得られない。ジェラールはそのあとも魔術を普通に使っていたから、あの誓いは本物だ。

セリアは彼に会えない寂しさでにじんできた涙を、ぐっとこらえた。


それから数日。

父は毎日セリアの部屋を訪れ、娘がきちんと部屋にいることを確かめた。寝室の鍵は取り上げられ、眠るときでさえキィーナが付き添っている。

魔術を使って部屋を出ていくのではないかと、心配しているのだろう。セリアだってできればそうしたかったが、これ以上ジェラールの立場を悪くするようなことはできない。

セリアは訪ねてくる父に挨拶《あいさつ》もせず、食事も拒否して、ただ窓辺の椅子に座って時間が経つのを待っていた。ジェラールのことはとても心配だったが、王になるつもりはないというあの言葉が本当ならば、じきに後継者争いは終わる。そうすれば、きっと彼に会えると信じていた。

キィーナは心配して、せめてスープだけでも口にしてほしいと言う。セリアは彼女に申し訳なくて、何度も謝りながらスープのカップを受け取った。しかし、一口以上はどうにも喉《のど》を通らなかった。

セリアの胸を占めているのは、ジェラールのことだ。

(ジェラール。身体は回復したかしら。会いたい……)

そんな日が続くと、さすがに身体も弱ってくる。

やつれた愛娘《まなむすめ》の姿を見て、父はひとつの条件を出した。

それは、海辺の静養地にいるアラスターに会うこと。

そうすれば、王城に連れていくと約束してくれた。

どうして彼に会いにいかなければならないのかと尋ねると、アラスター本人がセリアに会うことを望んでいるらしい。表向きの用件は、身内としてサリジャのしたことを、被害者であるセリアに謝りたいとのことだった。

彼が静養しているのは、王都から離れた海辺にある静養地のようだ。

ジェラールに会いたい一心で、セリアは父に従《したが》った。

久しぶりの外出だった。

年中穏やかな気候のこの国に、あまり明確な季節はない。それでもジェラールと出会った舞踏会のときより、すこしだけ冷えこむようになっていた。

セリアは馬車の窓から、小さくなっていく王城を見つめる。

あそこにジェラールがいる。父の言うようにアラスターに会えば、ジェラールにも会えるのだ。

これから会うアラスターのことを、セリアはまったく知らない。

ただ、ジェラールが次期国王として認めていたくらいだから、サリジャのような人間ではないだろう。

彼はサリジャのしたことを謝りたいと言っていたが、本当にそれだけなのか。用心だけはしておこうと、セリアは気を引き締める。

一日かけてたどり着いたアラスターの屋敷は、見晴らしのよいとても綺麗な場所にあった。

海と大きな森が近くにあって、空気がとても綺麗だ。どこまでも続く広い海は穏やかで波もなく、凪《な》いでいる。

町はそんなに大きくはないが、観光地になっているようで、たくさんの人で賑《にぎ》わっていた。

すぐにセリアたちが到着したことを知ったアラスターから呼び出しがあり、セリアは訪問着に着替えてから彼のもとへ向かった。アラスターに呼ばれているのはセリアだけだ。その間に父は応接室で待つようだ。

部屋の前まで案内してくれた侍女が下がると、セリアは何度か深呼吸をしたあと、部屋の扉を叩く。

中から答える声がした。セリアはゆっくりと部屋の扉を開けた。

(この人が、アラスター様?)

そこには長い銀髪の男性がすこし気怠《けだる》そうに長椅子に身体を預け、セリアを待っていた。

長い銀髪に色白の肌は、サリジャにもジェラールにも似ていない。

病弱だと聞いた通り、男性とは思えないほど華奢《きゃしゃ》だ。それでも弱々しい印象はなく、穏やかな笑みを浮かべている。外見はあまり似ていないけれど、その笑みはすこしだけジェラールを彷彿《ほうふつ》とさせた。

アラスターには年老いた侍女がひとり、付き添っていた。ふたりきりではなかったことに、セリアはすこし安堵《あんど》する。

「初めまして、アラスター様。セリア・リィードロスと申します」

王族への正式な礼をしようとしたセリアを、彼は手を上げて押し留めた。そして向かい側に座るようにと促《うなが》す。セリアはアラスターから一番離れた場所にそっと腰を下ろした。それを見て、彼は笑みを深くする。

「そんなに緊張しなくても大丈夫。親友の妻に手を出したりしないよ」

「え？　し、親友？」

あまりにくだけた口調と言葉の内容に驚き、思わず声を上げたセリアに、アラスターは頷《うなず》く。

「ああ、そうだ。ジェラールは僕のたったひとりの親友だ。君と結婚したことも知っている。精霊の聖殿で誓った言葉は本物だ。ジェラールは君を騙《だま》したりなどしていないよ」

「え……。あの……、申し訳ありません。すこし混乱してしまって……」

突然思いがけないことばかり言われ、セリアは動揺する。

うろたえるセリアを見て、アラスターは先走ったことに気づいたのか、落ち着くように深呼吸をした。

「ああ、すまない。会えたら絶対に伝えようと思っていたから、先走ってしまった」

そう言うと、内緒話をするように悪戯《いたずら》っぽく微笑んだ。病弱だと聞いていた噂からかけ離れた、その明るい表情に、セリアは戸惑う。

「本当にジェラールの親友なのですか？」

「そう。一緒に魔術の研究をしている仲だからね」

「魔術を？」

驚いて、アラスターを見つめる。彼が魔術師だと聞いたことはない。

「魔術師なのですか？」

「いや、残念ながら僕に魔力はないよ。ただ学問として魔術を研究しているだけだ。自分で実行することはできないけれど、魔術というものはとても興味深い。君も魔術師らしいね。どんな魔術が使える？」

使える魔術や、祖父の遺《のこ》した資料のことなど次々に尋ねられ、セリアは戸惑いながらもそれに答える。話をしてみると、たしかにアラスターの魔術の知識は豊富で、彼が魔術の研究をしているという話も嘘ではないと信じられた。

アラスターの質問が一段落すると、セリアは俯《うつむ》いた。

「ジェラールが疑われていると聞きました」

「ああ、聞いたよ。本当に馬鹿な話だね。しかも伯父《おじ》も君の父上のリィードロス公も、ジェラールには劣等感を抱いているから、こんなことをしたのだと思うよ」

「父も、ですか？」

まさか父の名前が出てくるとは思わず、セリアは首を傾《かし》げる。

「そう。先代のリィードロス公は、名の知れた魔術師だった。その子どもに産まれたのだから、同じように魔力があるのではないかと周囲から期待されただろう。それに応《こた》えられなかったことを、嘆《なげ》くこともあったと思うよ」

父はあまり魔術を好んでいなかった。祖父の本も、すべて処分してしまった。

セリアはようやくその理由らしきものが、わかった気がした。

（すべて、魔術を使える者に対して劣等感を抱いていたから、だったのね）

似たような境遇の父と国王が意気投合《いきとうごう》したのも、無理はないかもしれない。

「そうだとしても、ジェラールを陥《おとし》れようとしているのは許せないよ」

穏やかそうなアラスターの視線に、強い光が宿る。やはりジェラールに似ている、とセリアはそう思う。

「はい。わたしもです」

きっぱりとそう言った。

セリアの毅然《きぜん》とした態度に、アラスターは微笑みながら頷《うなず》く。

「やっぱり君を呼んで正解だったね。ジェラールを助けるために、手伝ってほしいことがある。でもその前に、何か疑問に思っていることはない？　ジェラールについてわからないことでもいい。僕では力不足かもしれないけれど、答えられることならすべて、かわりに答えるよ」

「わからないこと……」

セリアは考えこんだ。たくさんありすぎて、どれから聞いたらいいかわからない。

悩んだ末に、もっとも気がかりだったことを尋ねる。

「ジェラールはいま、どこで、どうしているのですか？」

「王城にいるよ。ただ、幽閉《ゆうへい》とまではいかないが、疑いが消えるまでという条件で、王城の奥に閉じこめられているような状態だ」

それならば、セリアに会いにこられるはずがない。王城に留まり続けているのも、ジェラールの意志ではないだろう。

しかも父がそれを知らないはずがないのに、あんなことを言ったのかと思うと、怒りが湧き起こった。

「父を許せないわ。どうしてあんなことを」

「あんなこと？」

セリアはアラスターに、父に言われた言葉を説明した。

「ジェラールが会いにこられないとわかっているのに、どうして……」

「……きっと、大切にしていた娘まで魔術やジェラールに取られたと知って、冷静ではいられなくなってしまったんだね。たしかに立場を考えないで、きちんと了承を得ずに結婚を誓ってしまった君たちも悪いと思う。だが、嘘をついたリィードロス公も悪い。でも、どちらにもそれなりに理由がある。その気持ちを伝え合うことは大切だと思うよ。伯父《おじ》とサリジャのようなことになる前にね」

「国王陛下と、サリジャ様？」

アラスターは静かに頷《うなず》いた。

「あのふたりは、サリジャが廃嫡《はいちゃく》されるずっと前から、あまりいい関係ではなかったんだ。サリジャが伯父《おじ》の期待通りの子どもではなかったせいでね。魔力がないせいで先代の王に関心を向けられなかった伯父《おじ》は、魔力持ちの子を持つことで、父親の愛を取り戻そうとした。何代か前に強い魔術師がいたという貴族の女性を妻にしたんだ。それがサリジャの母だった」

自分の息子に魔力があれば、先代の国王も自分を認めるに違いない。サリジャと同じように、国王もそう考えたのだ。そして、その期待は裏切られた。

「サリジャは父に認めてほしかった。その気持ちを、あの魔術師につけこまれて暴走してしまった。そして伯父《おじ》もまた、自分のしたことが父親と同じだと気づいて、サリジャを邪険にしたことを後悔していた。それをもっと早く、互いに認めて相手に告げていれば、この悲劇は起きなかっただろう」

アラスターの言葉に、セリアは俯《うつむ》く。

もしマリーツィアが介入しなかったら、時間はかかったかもしれないが、ふたりは和解できていたのかもしれない。

「そうですね。言葉は大切です。自分の気持ちを、きちんとお父様に伝えようと思います」

手遅れになる前に、そうしようと、セリアは決意した。

「ジェラールにも同じことを言いたいけど、精一杯なのはわかっているから、全部終わったあとにするよ。それで、ほかに聞きたいことは？」

「ええと……」

アラスターの背後に控《ひか》えている年老いた侍女が、とても心配そうにしていることに気がついて、セリアは言葉を濁《にご》す。彼は元気そうに見えるが、もしかしたらあまり体調がよくないのかもしれない。

彼もそれに気がついたようで、大丈夫だと笑ってみせる。

「心配しなくても大丈夫。ほかに聞きたいことは？」

「あの、わたし、ジェラールの図書室に入れなくなってしまって……」

それでジェラールに拒絶されたのではないかと心配していたと言うと、アラスターは侍女の手を借りて立ち上がる。

「それに関しては、見てもらったほうが早いと思うよ。こっちに来てくれないか」

頷《うなず》いて、セリアも立ち上がる。

アラスターはこの部屋とつながる別の扉を開いた。

そこは、とても大きな図書室になっていた。ジェラールが作り出したあの図書室と同じくらいの広さだ。

「……すごい」

あまりの広さに呆然とするセリアに、アラスターは声をかけた。

「そこにある本に、見覚えはないかい？」

「え？」

そう言われて周囲を見渡す。

この図書室にはたくさんの本があったが、まだきちんと整理されていないらしく、机や床の上に無造作に積み上げられている。

「あ、これはおじい様の？」

よくよく見てみれば、見覚えのある本ばかり。さらにセリアがまとめていた、祖父が遺《のこ》した資料まで置いてある。

「あの女魔術師との戦いで、ジェラールはかなり魔力を消費したようでね。あの図書室は、ジェラールの魔力で作り上げていたから、魔力不足で維持が難しくなったらしい。あの戦いのあとすぐに、魔力が安定するまで危険だから大切な本を預かってほしいと言われた。それで、ここにある」

「そうだったの」

図書室への扉は、空間が崩れてしまうおそれがあり、とても危険だったから閉じられていたのだという。ジェラールから拒絶されたわけではないと知り、セリアはようやく安堵《あんど》した。

「ありがとうございます。安心しました」

「……前にジェラールにどうしてわざわざ、魔力を使ってまで図書室を作るんだって、聞いたことがあったよ」

深く息を吐いて長椅子に身体を沈めながら、アラスターは遠い目をして静かにそう言った。

「え？」

「あれを維持するには、相当の魔力が必要になる。それなのにわざわざ空間を広げてまで図書室を作った理由を聞いた。どんなに貴重な本があったとしても、実在の部屋に置いて扉を魔術で封印すればいい話だろう。それだけなら、魔力の消費も少ない。それなのになぜ図書室を作るのか、と」

たしかに、今回のように魔力を使いすぎると、空間ごと崩壊してしまう危険がある。そんな危険を冒《おか》してまで、ジェラールはどうしてあの図書室を作ったのだろう。

「ジェラールは、なんて？」

「『地上には居場所がないから』と言っていたよ。たしかに王城は広くて、使っていない部屋もたくさんあると聞いた。それなのにジェラールは、自分の居場所を異空間に作らなければならなかった。それを聞いたときは、さすがに……」

アラスターは途中で言葉を切り、目を閉じる。

同情とか、そんなものではない。大切な人が傷ついていたら、胸が痛くなる。苦しくなる。

セリアもそうだった。ジェラールの気持ちを思うと、泣き出したくなる。

「だから結婚のことを聞いたときは、とにかく嬉しくて。ああ、やっとジェラールにも居場所ができた、と思った」

アラスターの言葉で、セリアは自分がジェラールの居場所になろうと決める。

もう噂や父の話などには惑わされず、どんなときでもジェラールのことだけを信じよう。

彼のやすらぎになれるように。居場所になれるように。

セリアの顔が、決意に満ちたものに変わる。それを見て、アラスターも柔らかな笑みを浮かべた。

「さて、これからが本番かな。ジェラールを助けるために、手を貸してほしい」

「はい。なんでもします」

頷《うなず》くと、アラスターはすこし視線をめぐらせて、考えこむしぐさを見せる。どこから話そうか、と呟《つぶや》くと、セリアを見つめた。

「僕たちは魔術の研究をしているうちに、あることに気がついた。それはこの国どころか、世界すべてを脅《おびや》かすほどの恐ろしいものだった」

「恐ろしいもの、ですか？」

そんなことを言われても、あまり実感が湧かない。セリアは首を傾《かし》げた。

それはなんなのか。セリアがアラスターに問うような視線を向けると、彼は静かに口を開く。

「僕たちも最初は信じられなかったくらいだ。でもよくよく調べると、その兆候《ちょうこう》をいくつか見つけることができたんだ。かつて人間は魔術で魔物を滅《ほろ》ぼし、この大陸の支配権を手にした。しかし、その魔物が復活する兆候《ちょうこう》がある」

「そんな」

セリアは息を呑む。

いまのように魔術が衰退《すいたい》したこの世界で魔物が復活すれば、人間など簡単に滅《ほろ》ぼされてしまうだろう。

「それは本当ですか？」

震えるセリアの声に、アラスターは頷《うなず》いた。

「復活した魔物は予想以上に強く、そして進化していたんだ。昔は、魔物といえば獣《けもの》のような形をしたものばかりだった。でも一度絶滅した魔物は、より環境に適応しようと、人型になることを覚えてしまったらしい」

「人型？　人間の姿をしているの？」

「そう。そうして人の中に紛れこむ。僕は会ったことがないけれど、その人型の魔物と対峙《たいじ》したジェラールは、その予想以上の強さに驚いていたよ」

「人型の魔物は、そんなに強いのですか？」

震える声でセリアは尋ねる。

ジェラールだって、相当に強い魔術師だ。彼が敵《かな》わない相手なら、ほとんどの人間が太刀打《たちう》ちできないだろう。

「強かったようだよ。自分の魔術などあまり効果がなかったと言っていた。あなたの神聖魔術がなければ、倒せなかったかもしれない──と」

思わぬ言葉に、セリアはきょとんとする。

「え？」

セリアが神聖魔術を使ったのは、一度きりだ。そのときのことを思い出し、セリアは驚きの声を上げる。

「まさか、マリーツィアが魔物だったのですか⁉」

ふと、図書室で見た資料を思い出した。

犯罪が起きた場所と罪状が書かれていた書類。その最後に書かれていた、赤い目の女という文字。赤い目は、魔物の特徴だ。そしてマリーツィアは、魔術を使うときに目が赤くなっていた。

ジェラールがマリーツィアの胸に突き立てたのは、よく磨かれた水晶のナイフだった。昔は魔物を退治したあと、水晶を突き刺して復活を阻止していたと本に書かれていた。

それを思い出して、セリアは声を上げる。

「だからジェラールはあんなことをしたのですね……」

「その通り。あれこそが進化した魔物だ。強かっただろう？」

アラスターの言葉に、セリアは素直に頷《うなず》いた。

「僕たちも、マリーツィアと名乗る人型の魔物が現れるまで、あまり実感がなかった。だが調べてみると、魔物絡みかもしれない事件が、過去にいくつか起きている」

たしかにマリーツィアが使っていた魔術は、精霊の力を借りた魔術とはまったく違うものだった。あの恐ろしい闇のような力を思い出して、セリアは身を震わせる。

「マリーツィアが魔物であったこと、魔物が進化して復活しつつあることを示せば、さすがに伯父《おじ》にも身内で争っている場合ではないことがわかるだろう。ジェラールの存在が、この国にとってどれだけ大切なのかということも」

そこまで言ったアラスターは、ふと表情を曇《くも》らせた。

表情から明るさが消えると、痩《や》せた彼の身体はとても痛々しく見える。長い銀色の髪を掻き上げて、アラスターは深いため息をついた。

「重荷を背負わせてしまうことは、わかっている。だがジェラールにはこの国を継いで、魔物に対抗できる強い国にしてほしい」

その願いを聞いて、セリアは戸惑う。

「でも、ジェラールはあなたに王になってほしいと言っていたわ」

「数年前までは自由に動けていたからね。伯父上《おじ》も母も、僕はすこし身体が弱いくらいで、じきによくなると思っているのだろう。ジェラールにも心配をかけたくなかったから、病状が悪いとは話していない。僕を次の王にと言っているくらいだから、僕の話を信じてくれているだろう。だが自分のことだからよくわかる。僕では無理なんだ。この屋敷から出ると、ひとりでは歩くこともできなくなってしまう」

「もしかして……魔術を使って身体の調子を保っていらっしゃるのですか？」

以前読んだ魔術書に、そういった魔術があったとセリアは思い出す。身体の機能を強化し、補《おぎな》ってくれる魔術。それはとても難しいもので、いろいろな条件が必要だった。

「さすが、詳しいね。そう、ここには他国の優秀な魔術師によって特殊な魔術がかけられている。その魔術のおかげで、こうして起き上がることができる」

それは水の精霊の力を借りた魔術で、海や湖などの近くでなければ使えないらしい。だから彼は、王族であり王太子候補であるにもかかわらず、王都から離れたこの地にいるそうだ。

「王都に行けば、僕は寝台から起き上がることもできないだろう。ずっとここで暮らし、王都や王城の様子を知らないままの王など、なんの意味もない。だから僕は王にはなれないんだ。だが僕の都合で、ジェラールにも君にも苦労をかけてしまう。本当に申し訳ない」

アラスターに頭を下げられ、セリアは慌てる。

「そんな、わたしは……」

だがジェラールが王になるということは、その妻である自分は王妃になるということだ。そう気がついて、セリアは深刻な表情で口を閉ざした。

(わたしに王妃なんて、務まるはずがないのに)

魔術の知識だけはあるが、ほとんど社交界に出なかったせいで友人もいない。人の大勢集まる場所が苦手だし、陰謀渦巻《いんぼううずま》く王城で、さまざまな困難をうまく切り抜けられる自信もない。きっとこの国中の貴族の女性の中で、一番王妃に向いていないのが自分だろうと思う。

――それでもセリアは誓ったのだ。ジェラールの居場所になると。

(もしもジェラールが王になると言っても言わなくても、妻として、彼を支えられるようにしっかりとしなくては)

セリアは微笑んで、アラスターを見た。

「彼が王になるとして、わたしは王妃を務められるかというと、自信なんてまったくありません。きっとわたしが一番、王妃にふさわしくない人間でしょう。でも、ジェラールの居場所になるために、努力してみようと思います」

ほんのわずかな時間で覚悟を決めたセリアを、アラスターは眩《まぶ》しそうに、目を細めて見つめる。

「ジェラールのため、か。すこし羨《うらや》ましいな」

囁《ささや》くように小さい声はセリアの耳には届かない。

「え?」

聞き返すと、アラスターはなんでもないと笑った。

「さて、まずジェラールを助けるために行動しよう」

そう言って彼は、分厚《ぶあつ》い書類の束を差し出す。

「これは?」

「ジェラールと僕がまとめた、復活した魔物に関する資料だ。復活した魔物、いや魔族とでも呼ぶべきか。魔族は魔物のように人を直接襲ったりせず、人間社会の内側に入りこんで、そこで事件を起こす。ひとりひとりを個別に襲うよりも、戦争でも引き起こしたほうが、より多くの人間を殺せると学んだのだろう。魔族が起こしたと思われる事件の概要と、それらすべてに共通するものを列挙してある」

資料を受け取ると、セリアは促《うなが》されるままページをめくり、その内容に目を通した。

「共通する事項……どの国で起きた事件でも、人の精神を操《あやつ》る禁忌《きんき》の魔術が使われていること。そしてそのときに必ず目撃されている、目の色が赤に変わる人間ですね」

「そう。事件の関係者からの証言も集めている。これでマリーツィアという女が、人間の魔術師ではなく魔族だということがわかると思う」

「はい、そう思います」

「僕はこれを持って、王城に行くつもりだ。君にも一緒に来てほしい。そしてマリーツィアが、禁忌《きんき》の魔術を使う、赤い目をした魔族だったと証言してほしいんだ」

「王城に？　でも、アラスター様は……」

ここを出たら、ひとりで歩くこともできないだろうと彼は言っていた。それなのに王城に行くという。

「そう。でも行かなくてはならない。詳しいことは僕とジェラールにしか、わからないからだ。それに、満足に歩くこともできない僕の姿を見たら、さすがに伯父《おじ》上も、僕を国王に担ぎ出そうとしてる者たちも目が覚めるだろうから」

ここを出ることが、アラスターの身体に負担であることは間違いない。それでも彼は、親友であるジェラールのために、そうしようとしている。

止めるべきなのだろうか。

けれどふたりの友情に、水を差してはいけないのかもしれない。

(わたしにできることはないのかしら。証言だけではなく、もっと……)

必死に考えたセリアの脳裏に浮かんだのは、父に取り上げられてしまった祖父の形見の魔術書だった。祖父の形見の本は、結局戻ってきていない。

あれが、最後の神聖魔術について書かれていた本だったのだ。

祖父の形見の本が存在していたら、きっとこれからジェラールの助けになっただろう。

「アラスター様。わたしにすこし時間をくださいませんか?」

「時間? それはなんのために?」

アラスターは焦っている様子だった。

一刻も早く、ジェラールを解放したい。それはセリアも同じだ。でも、その前にやらなければならないことがある。

「このまま魔族の存在を発表したら、きっと大陸中が混乱するでしょう。その前に、魔族に対して有効な手段があると伝えたいのです。神聖魔術をできるだけ広めるために、それを書き記《しる》して形にしたい」

セリアの言葉に、アラスターも戸惑いながら頷《うなず》いた。

「そう……だな。たしかに、ただ魔族の存在を広めるだけでは、どの国も混乱してしまうだろう。それは魔族に、つけいる隙《すき》を与えることになってしまう。おそらく、マリーツィア以外にも魔族は存在している」

「わたしに五日……、いえ三日だけ時間をください。神聖魔術について、概要と呪文《じゅもん》を覚えている限り、まとめたいと思います」

「わかった。僕はその間にもう一度、この資料を見直してみる。三日後に、王城に行こう」

「はい」

セリアはそのままアラスターの部屋を退出し、屋敷内で待っていた父とともに、公爵家が所有する近くの別荘に向かった。

そしてセリアが三日後にアラスターと一緒に王城に行くと告げると、父は一足先に王都に戻っていく。

父を見送ったあと、セリアは慌ただしく机に走り寄り、紙とペンを取り出した。

神聖魔術を復活させる。そのためには、誰が読んでも理解できるように、わかりやすく記《しる》す必要がある。

セリアは古代魔語を現代語に訳し、覚えている限りの本の内容をまとめる。

セリアは寝食も忘れ、毎日必死になって書き続けた。

最後の一文字を書き終わったのは、王城へ出発する当日の朝のことだった。

（よかった。間に合った）

神聖魔術について書き記《しる》した紙の束を抱え、急いで身支度を整えると、セリアは慌ててアラスターのいる屋敷に向かう。

屋敷の外にはもう馬車が用意されていた。

公爵家のものよりも一回り大きい馬車には、王家の紋章が刻まれている。護衛の数もかなり多い。ひとりの従者が、馬車の外でセリアの到着を待っていた。

セリアは公爵家の馬車から降り、従者に導かれるまま、王家の馬車に乗りこむ。

中は広く、寝台のようになっていて、そこには老女に付き添われたアラスターが、青白い顔をして横たわっていた。まだ屋敷の外に出てすこししか経っていないはずなのに、肩で大きく息をしている。

「アラスター様……」

声をかけると、彼は目を開いてセリアを見た。

「やあ、ようやく来たね。随分ひどい顔をしているけど、そんな顔で愛しのジェラールに会うつもりかい？」

からかうように言われ、セリアのこわばった顔がかすかに和《やわ》らいだ。

「お互い様です。どんな無理をなさったのですか？」

「ちょっと徹夜で資料の見直しをしただけだから、大丈夫だ。王城に着くまですこし休む。君もそうしたらいいよ」

そう言うと、アラスターはすぐに目を閉じた。

そばに座ったセリアは、彼を起こさないように気をつけながら、何度か治癒《ちゆ》魔術を唱える。そしてアラスターの呼吸が落ち着いたのを確かめると、離れたところで壁に寄りかかって、目を閉じた。

アラスターを気遣い、馬車はゆっくりと進んでいる。王城までは馬車で一日くらいだが、もうすこしかかるかもしれない。

（ジェラール、もうすぐ会えるわ。今度はわたしが、あなたを助けるからね）

セリアはそのまま眠ってしまい、馬車が王都に着くまで目を覚ますことはなかった。

馬車が王都に着いたのは、翌日の昼前。

出迎えてくれた人たちは、アラスターが馬車から降りることもままならぬ様子を見て、言葉を失っている。その中には、セリアの父もいた。

アラスターは苦しそうな顔をしながらも「効果抜群だな」と呟《つぶや》いた。彼に手を貸していたセリアは、苦笑する。

「もう、そんなことを言ったら、ジェラールが怒りますよ」

「うん、そうだろうね。まあ、そのときはそのときだ」

数人の従者に抱えられたアラスターは、王城に到着するとすぐに、国王への謁見《えっけん》を求めた。周囲は休むように何度も言ったが、アラスターはけっして聞き入れようとしない。止める者を振り切ってまで進もうとした。

その強引な態度もまた、御《ぎょ》しやすい男ではないと示すため。彼を形だけの王にして権力を握《にぎ》ろうとしている者への牽制《けんせい》だった。

そしてようやく、謁見《えっけん》の間《ま》に着く。

アラスターが事前に希望したのか、そこには数人の貴族も同席していた。彼らはきっと、この国で重要な地位に就《つ》いている者たちだろう。

アラスターと対面した国王は、サリジャと同じ、茶色の髪と青い目をしている。とても疲れた顔で、年齢よりも随分老けこんで見えた。サリジャの起こした事件のせいで、心労が積み重なったのだろう。

その国王のそばには、セリアの父が控《ひか》えている。父もまた、とても疲れたような顔をしていた。

アラスターは、国王に挨拶《あいさつ》をするとすぐに、ジェラールを解放してほしいこと、サリジャをそそのかしたのは人型の魔物、魔族であることを告げる。

周囲にざわめきが広がり、当然のようにそれを否定する声も上がった。しかし同じような事件が世界各国で起こっていること、それらにすべて共通することがあることをアラスターが告げると、青ざめた顔をして黙りこんだ。

アラスターは資料の概要を読み上げ、セリアを見た。

彼に頷《うなず》き、サリジャのそばにいたマリーツィアについて、国王の前で語る。

彼女が使った闇のような力のこと。彼女が赤い目をしていたこと。そして神聖魔術がとても有効で、魔族を撃退することができたことを語った。

「ここにその、神聖魔術に関してまとめた記述があります。これがあれば、魔術師ならば誰でも神聖魔術が使えるようになるでしょう。これをできるだけ広めてください」

いまや魔術師の数はとても少ないので、どの国でも魔族を完全に撃退できるという保証はない。けれど対抗する手段があるということは、かなり重要な情報になるだろう。

セリアに続けて、アラスターも言う。

「ジェラールならば、誰よりも正確に、その魔術を使いこなせるはずです。個人的な事情にこだわっていれば、この国は魔族に蹂躙《じゅうりん》されて滅《ほろ》びるかもしれない。こんな状況から、国を守れるのは誰か、もうわかっているはずです」

国王はすぐには答えなかった。ただ苦しそうに視線を逸《そ》らす。

長年のわだかまりは、そう簡単にとけるものではないのだろう。

伝えるべきことは、もうすべて伝えた。

セリアとアラスターは謁見《えっけん》の間《ま》をあとにする。アラスターを侍女と一緒に部屋まで送り届け、あてがわれた部屋で休むことにした。

馬車の中ですこし眠ったとはいえ、三日間ほとんど休まずに作業を続けていたので、身体はもう限界のようだ。

ふらふらと寝台にたどり着くと横たわり、目を閉じた。ほどなくして、意識が途切れる。

そのままセリアは、翌朝まで眠り続けていた。

次にセリアが目を覚ましたとき、寝台のそばにはジェラールがいた。セリアは一気に覚醒《かくせい》し、がばっと起き上がる。

「ジェラール！」

手を伸ばして抱きつくと、しっかりと支えてくれる。

「すまない、セリア。不安にさせたね。俺のためにがんばってくれて、ありがとう」

優しくそう言ってくれる声。

この声を、どんなに聞きたいと願ったことだろう。

セリアの目から涙が溢《あふ》れた。

すぐには泣きやみそうにないセリアを、ジェラールはずっと抱きしめてくれた。

「マリーツィアは、人間ではなかったのね」

ようやく涙が止まった頃、セリアは呟《つぶや》いた。胸に縋《すが》ったままのセリアを腕に抱き、ジェラールは頷《うなず》く。

「ああ。アラスターがほとんど話したと思うが、全滅まで追いやられた魔物が、人間が支配するこの地に適応するために変化した姿だ。だが姿は人間と似ていても、その性質は残酷で邪悪。過去に何度も残忍な事件を起こしている。マリーツィアと名乗った魔物は滅《ほろ》びたが、同様の魔物がほかにもいるかもしれない。だとしたらこれからも、こういった事件は続くだろう」

ゲームだと、マリーツィアは言っていた。

ジェラールは本当はすぐにでも対策に動きたかったが、マリーツィアとの戦いで魔力を消費していた。まだ怪我が回復していないこともあって、自室で休息を取ることにしたらしい。その間に、王城の様子を探《さぐ》るつもりでもあった。

魔物の復活という非常事態に、この国はどう動くつもりなのか。

だが彼らの関心は、跡継ぎ問題ばかりに向いていた。

ジェラールは積み重なった失望に、この国を変えることを諦めた。状況がすこし落ち着いたら、セリアとアラスターを連れてこの国を出るつもりだった、とジェラールは語る。

そんな彼の姿を見て、セリアはアラスターの言葉を思い出す。

いまも、ジェラールは居場所がないと思っているのだろうか。

「これから、どうするの？」

セリアが尋ねると、ジェラールは手を伸ばして彼女の金色の髪を撫《な》でた。安心させるように、優しく笑う。

「アラスターが現実を突きつけても、国王はまだ迷っていた。それを諫《いさ》めたのは、君の父上であるリィードロス公だ」

「父が？」

思わず大きな声を上げてしまう。父が動くとは思っていなかった。

「ああ。これだけの事実から目を背《そむ》けるつもりかと、かなり強い口調で迫っていた。……俺もすこし驚いたくらいだ」

あれだけ国王に忠実に従《したが》っていた父が、どういった心境の変化だろう。不思議そうに首を傾《かし》げるセリアを、ジェラールは強く抱きしめる。

「ジェラール？」

「リィードロス公は、セリアの真剣さに胸を打たれたようだ。たしかに、セリアがまとめ上げた神聖魔術に関する報告は、素晴らしいものだった。それが全世界を救うものになると、彼もわかったのだろう。ただ……」

「ただ？」

「結婚のことは別のようだ。あとできっちり話をしようと、笑顔で言われた」

「お父様ったら！」

そういえば、ジェラールが魔力を回復させるために城で休んでいることを、父はセリアにわざと隠していたのだ。そのことをまだ許していない。セリアはにっこり笑ってジェラールに告げる。

「大丈夫です。わたしもお父様に言いたいことがたくさんありますから！」

その笑顔にジェラールは、「似ている父娘《おやこ》だな」と呟《つぶや》く。

抗議の声を上げるセリアに楽しそうに笑い、そして彼はふいに真顔になってセリアに向き直った。

「リィードロス公だけではない。ほかの者たちも、これ以上魔族による被害を出さないようにと動き始めた。それも、対抗する手段があると知ったからだろう。そうでなければ、ただ国を混乱させるだけだったかもしれない」

「わたし、すこしはジェラールの役に立てた？」

「もちろんだ」

頷《うなず》いて微笑んだジェラールは、視線を窓の外に向けた。

沈黙が続く。

ジェラールは、何か重大な決意をしようとしている。そう思ったから、セリアはただ静かに彼の様子を見守った。

ジェラールがどんな未来を選んだとしても、セリアの意志は変わらない。これからもずっと、彼とともにあり続けるだけだ。

「アラスターは、先に屋敷に戻した。あいつがあんな無理をするとは思わなかったが、もうこれ以上、無理をさせるつもりはない」

ジェラールが視線を逸《そ》らしていたのは、ほんのわずかな時間だった。彼を見上げているセリアに視線を戻すと、静かに語る。

「俺はアラスターのかわりにこの国を継ごうと思う。そして魔族の脅威からこの国を守る。……セリア、そばにいてくれないか」

「ええ、ジェラール」

セリアは頷《うなず》き、彼の肩に寄りかかる。もうとっくに決意していたことだ。

「わたしはずっと、あなたのそばにいる。そう決めたの。その場所が異空間の図書室から王城になっても、それは変わらないわ」

ジェラールの手が、セリアの金色の髪を撫《な》でる。目を閉じると、唇を塞《ふさ》がれた。

「んっ……」

柔らかな感触。触れる唇の温かさに、また涙がにじみそうになる。

そして唇が離れると、セリアの口から思いがこぼれた。

「ジェラール……。会いたかった……。ずっと」

離れていた時間は、日数にしてみれば十日ほどだ。そんなに長いものではなかったかもしれない。それでも彼の所在もわからない不安は、セリアの胸に重くのしかかっていた。

「もう離れたくない……。絶対に……」

「ああ、もう離しはしない」

ジェラールに身体を預け、涙声で何度もそう言うセリアを、彼もしっかりと抱きしめる。

もう一度、唇が塞《ふさ》がれた。

「んっ……」

前よりも深いキス。

ゆっくりと口内に入りこんできた彼の舌に、セリアはたどたどしく舌先を絡ませた。

ぴちゃりという音がセリアの耳に届く。

「あっ……、んんんっ」

頬が紅潮《こうちょう》し、呼吸が荒くなっていくのが自分でもわかる。

「はぁ……、あぁ……」

唇が離れた瞬間に深く息を吸いこむと、ジェラールはまたセリアと唇を合わせた。

今度は、ただ触れるだけの優しいものだ。それを何度か繰り返すと、彼はふと顔を上げた。

視線を部屋の扉、そして窓へと向ける。

「ジェラール?」

「防音と、施錠をした。これでもう、外部に音が漏《も》れることはない」

「あっ……」

ここが王城だと思い出し、急に恥ずかしくなる。そんなセリアに、ジェラールはもう大丈夫だからと笑って、セリアを優しく寝台の上に押し倒す。

「君の声を、誰にも聞かせたりしないさ」

そう言うジェラールの唇が、セリアの首筋に触れた。

（熱い……。触れられたところが、とても……）

セリアの肌をたどるジェラールの指は冷たいのに、そこから生じる熱は身体の奥深くまで浸透していくようだ。

「んっ……、あっ……、は……っ」

やがて首筋だけではなく、耳や鎖骨のあたりにまで唇が這《は》いまわる。

「やっ、あ……っん！」

そのたびに、セリアはびくりと身体を反応させてしまう。

その感触に喘《あえ》いでいるうちに、いつのまにか衣服の胸元が乱されていた。それを隠す暇もなく、ジェラールの手のひらが服の中に潜《もぐ》りこむ。

「あああっ」

胸に直接触れられ、思わず声を上げてしまう。

彼の手は膨《ふく》らみの表面を撫《な》で回すようにして愛撫《あいぶ》する。その動きに刺激された胸の先端が、すこしずつ硬くなっていく。

「やっ……あんっ……。は……」

「セリア。白い肌が淡《あわ》く染まって、綺麗だ」

ジェラールの言葉が、セリアの身体をますます高めていく。

いままで容姿に気を遣ってこなかった。大切なのは魔術と、本だけだった。でも自分の気持ちがいつのまにか変わっていることに、セリアは気づく。

これからは見た目にも気をつけようと思う。ジェラールには、いつも綺麗だと思ってもらいたい。

そんなことを思う間にも、ジェラールの動きは止まらない。

手のひらの動きが大きくなるにつれ、セリアの肩からずり落ちていくドレス。

両胸は覆《おお》い隠すものを失って、その豊かな膨《ふく》らみをジェラールの目の前に晒《さら》していた。

「やっ、あっ……」

セリアは恥ずかしくて、ぎゅっと目を閉じた。

けれどそうすることによって、かえって彼の手の動きに敏感に反応してしまう。

ジェラールの指が、硬く尖《とが》り始めた胸の頂点に絡みつく。そっと摘《つ》ままれ、指でこね回すように愛撫《あいぶ》されると、背筋がぞくぞくとして痺《しび》れてしまう。

「あっ……。やあっ……、あああっ」

またも唇が首筋をたどり、鎖骨から下へ向かっていく。腰を抱かれ、胸の先端を口に含まれた。

「はぁ、あああっ……」

その瞬間、びくっと身体が痙攣《けいれん》し、あられもない声が出てしまう。さらに唇で挟みこまれ、彼の舌に転がすようにしてこね回される。

その強い刺激に、身体がびくりと跳ね上がった。

「やっ……、あっ、だめ……、ああ……ん……」

セリアが唇を噛《か》んで声を抑えようとすると、彼は胸の頂《いただき》をより強く吸い上げる。

「どんなに声を上げても、もう誰にも聞こえない。大丈夫だ」

囁《ささや》かれるジェラールの声も、甘い。

理性的に魔術を語る彼からは想像もできないその声が、セリアを掻き立てる。

今度は指が、無防備に晒《さら》されているもうひとつの先端に絡みつく。敏感な部分を唇と指で同時に愛撫《あいぶ》され、頭が痺《しび》れるような刺激に翻弄《ほんろう》されていく。

「んっ、あっ、やあっ……、同時、なんて」

甘く乱れた嬌声《きょうせい》が、唇からこぼれ落ちる。

さらに柔らかな胸の膨《ふく》らみを揉《も》まれ、硬く尖《とが》りきった先端を指で転がされる。ぞくぞくと背筋を駆け抜ける快感に、知らずに涙がにじんだ。

それでも、先端を攻め続ける愛撫《あいぶ》は止まらない。

「っはああぁん、……、あっ、……んっ」

身体の中心がじくりと疼《うず》く。胸から送りこまれる強い快感に、身体は素直に反応してしまう。

摘《つ》ままれ、転がされ、唇で吸い上げられる小さな突起が、耐えきれないくらいの快楽を身体に与えてくる。

豊かな胸の膨《ふく》らみを這《は》いまわるジェラールの指は、胸の頂点に執拗《しつよう》に愛撫《あいぶ》を加えていく。

「ああ……、はぁん……。も、もうだめ……」

愛されている胸よりも、身体の中心が疼《うず》いてつらい。はしたないと思いながらも、腰が浮いてしまう。

胸から離れたジェラールの指が、そっと細い腰をたどった。それだけで、背筋が震える。

びくびくと震えるセリアの身体をなだめるように、彼の手が、ゆっくりと腿《もも》のあたりまで下りていく。同時に、片方の胸を口内に含まれた。

「やぁ、ジェラー……ルッ！　ああっ」

そこから広がる甘い痺《しび》れ。それに翻弄《ほんろう》されている間に、彼の手はセリアの秘められた部分に到達していた。

薄い布の上からそこを小さく撫《な》でられただけで、全身が衝撃に戦慄《わなな》く。

あまりにも強い——けれど、待ち望んだ刺激だった。

指で軽くなぞられているだけなのに、すぐにでも達してしまいそうになる。ジェラールの指が上下に動くのと同時に、くちゅりと水音が響く。

もうすでに、秘部はしっとりと蜜《みつ》で濡《ぬ》れていた。

「……ふ……っ」

布の上から、濡《ぬ》れた秘部を指で擦《こす》られる。しばらくはその刺激に身悶《みもだ》えしていたが、身体の奥に蓄積されていく熱は、セリアを駆り立てる。

「んんっ……！　はぁ……ああっ」

たまらずに喘《あえ》ぎ声《ごえ》を上げると同時に、するりと下着を剥《は》ぎ取られた。

「えっ、やっ……」

セリアは、あまりの羞恥《しゅうち》にドレスを引き寄せ、身体を隠そうとする。けれどジェラールはそんなセリアを押し留め、彼女の足を大きく広げてしまう。

「あっ……、いや……、恥ずかしい……」

こんなに明るい室内で、彼の目の前で身体の奥底まで晒《さら》している。

そう思うと恥ずかしくて気を失いそうなのに、なぜか身体はさらに熱くなり、秘部からはくちゅりと蜜《みつ》が溢《あふ》れ出てしまう。

ジェラールはくすりと笑った。

「その割には、とても濡《ぬ》れてる」

「い、いや、言わないで！」

顔を両手で覆《おお》い、首を横に振る。

いつも優しいジェラールが、すこしだけ意地悪になっている。

「それだけ、感じているのだろう？」

耳元で囁《ささや》かれ、こくりと頷《うなず》く。

恥ずかしいけれど、愛する人に触れられて、心はこれ以上ないくらい喜んでいる。

「だったら問題ない。もっと、感じてほしい」

ジェラールはそう言うと、蜜《みつ》に濡《ぬ》れた秘部にそっと指を差しこんだ。中を指で掻き回され、くちゅくちゅ……ぴちゃぴちゃ……と淫《みだ》らな水音が響く。

こんなにも、溢《あふ》れている。セリアは思わず耳を塞《ふさ》ごうとした。

「くう……」

しかしその手はジェラールによって阻《はば》まれ、寝台の上に押しつけられてしまう。彼は片手でやすやすとセリアの両手を封じ、もう片方の手で、彼女の秘部をゆっくりとなぞっていく。

「やっ……、ああっ……」

それだけではなく、胸にねっとりと舌を這《は》わせられ、セリアはびくんと身体を痙攣《けいれん》させる。

ぴちゃぴちゃと水音が響く。

蜜《みつ》を溢《あふ》れさせている秘唇を、何度も撫《な》でられた。

「んっ」

そこを指で広げられ、とろりとした粘液が足に伝《つた》うのを感じる。

(どうしてこんなに……)

「溢《あふ》れているね」

そう言われ、セリアは頬が赤らむのを感じた。

「んっ……、そんなこと……」

否定の言葉を口にした途端、まるでセリアに聞かせるように大きく体内を掻きまぜられた。ぐちゅぐちゅという音が耳に届く。

「ほら、こんなに溢《あふ》れている」

「やっ……、言わないで……」

首を横に振って否定すると、指をぐんっと奥深くまで突き入れられる。その衝撃に、セリアは全身に力が入ってしまう。

「……ああ、すごい締めつけだ」

「は……っ。ああっ……。んんんっ……」

セリアの額《ひたい》に唇が触れた。その温かさに思わず身体から力が抜けると、もう一本指が突き入れられた。

衝撃に身体を反らすセリアをなだめるように、ジェラールは額《ひたい》や頬に口づける。さらにその蕩《とろ》けるような熱い襞《ひだ》をぐちゃぐちゃと掻き回される。

「んっ……、あっ、だめ……、あああっ」

逃《のが》れようとして身体を捻《ひね》ったそのとき、溢《あふ》れ出る蜜《みつ》で濡《ぬ》れていた花芯をきゅっと摘《つ》まれた。あまりの衝撃に、セリアは思わずジェラールにしがみつく。

「……っ、そこ、いやっ……、触らないでぇ……」

逃げようとする腰を引き寄せられ、小さな突起を指で丹念に嬲《なぶ》られる。そのせいで、身体は快楽に向かって突き進んでいく。

「やだ……、ああっ……んんんっ！」

セリアの頭の中が真っ白になる。

執拗《しつよう》に加えられた愛撫《あいぶ》になすすべもなく、絶頂に追いやられてしまった。

「……っ……、はぁ……、ああ……」

肩で大きく息をした。

眩暈《めまい》がするほどの、快感。

ジェラールの愛撫《あいぶ》は、いつもより濃厚だった。

会えない時間は長くてとてもつらかったが、その間に愛は深まったのかもしれない。

呼吸が整った頃、ぐったりと力の抜けた身体を抱きしめられた。

「……はぁ……っ」

それだけで、熱く火照《ほて》った肌が快感を拾う。

秘部がびくびくと痙攣《けいれん》しているのが、自分でもわかった。

「……っ、ジェラール……わたしだけ、なんていやよ」

もっとジェラールを感じたい。

肌を触れ合わせて、愛し合いたい。

掠《かす》れた声で告げた言葉に頷《うなず》き、ジェラールも衣服を脱いでいく。

触れ合う素肌。温かくて、心が安らぐ。

「セリア、愛している」

「わたしも愛しているわ」

言葉にしなくても互いにわかっている。それなのに愛を囁《ささや》き合う。きっと、そうするとしあわせな気持ちになれるからだ。

抱き合ったまま何度か唇を合わせる。

そのままジェラールは、セリアの片方の足を持ち上げた。

「あっ……」

身体の中心を無防備に晒《さら》されている。それが恥ずかしくて抵抗しようとしたが、絶頂に達したばかりの身体は思うように動かない。

くちゃりと音を立てて、秘部が広げられた。

「やっ……だめえ……」

思わず、足を押さえている彼の手から逃《のが》れようとするけれど、すこし身動《みじろ》ぎしただけでどろりとした蜜《みつ》が溢《あふ》れ出るのがわかって、動きを止める。

すると何か生温かいものが体内に侵入してきた。蜜《みつ》を舐《な》め回すような音で、それが舌だと気がつく。

「やあああっ」

快楽に震える襞《ひだ》を掻き分けて、柔らかな舌が蜜《みつ》に溢《あふ》れる内部をたどる。

指よりもあいまいな愛撫《あいぶ》がたまらない快楽を生み出して、達したばかりなのにまたすぐにでも絶頂に上《のぼ》りつめてしまいそうだった。

「んんっ……、おねが、……やぁ……」

頭が痺《しび》れるほどの快楽に、おかしくなりそうになる。

必死に懇願《こんがん》する言葉は受け入れられることなく、ぴちゃぴちゃと恥ずかしい音を立ててそこを蹂躙《じゅうりん》される。

「はっ……あっ、だめ……、もう……。あああっ」

また達してしまう——

そう思った瞬間に舌の愛撫《あいぶ》がやみ、間髪《かんはつ》を容《い》れずに灼熱《しゃくねつ》の楔《くさび》に一気に最奥まで貫かれた。

「やっ、あぁぁぁぁんっ！」

その衝撃は相当なもので、セリアは貫かれた瞬間に達していた。

断続的に痙攣《けいれん》する襞《ひだ》が、彼自身をきつく締め上げる。

「くっ」

ジェラールが小さく呻《うめ》くのが聞こえた。

それを聞いた瞬間、背筋が震えるほどの快感がセリアの身体の中を駆けめぐり、熱が広がっていく。

さらに彼は、腰を動かし始めた。

「ああ……、やぁ……、そんなに……」

そして小さく前後に動きながら、柔らかな襞《ひだ》を擦《こす》る。

「……はっ……。あっ」

挿入したときのような性急な動きではなく、じっくりと体内を楽しむような動きに、
セリアの吐息も次第に熱く弾《はず》んでいく。

「セリア……っ、俺のそばにいてくれ」

そう耳元で囁《ささや》かれた。

「……あなたの、となりは……っ」

快楽に喘《あえ》ぎながら、セリアは甘い声でたどたどしく答える。

「……あっ……、だれにもゆずらない。……ジェラールは、わたしのもの」

「ああ、そうだ」

ジェラールは微笑み、さらに強く腰を動かす。

「俺はすべて、お前のものだ」

その言葉と同時に、硬く尖《とが》っていた胸の先端をきゅっと指で摘《つ》まれる。

「やあんっ」

くりくりと指で転がされ、ぞくりとした官能が身体の奥からにじみ出る。

胸と秘部を同時に蹂躙《じゅうりん》され、波のように次から次へと襲いくる快楽に必死に耐えながら、セリアはジェラールの言葉に頷《うなず》く。

「わたしも……、あなたのもの。こころも、からだも、ぜんぶ……」

激しい挿入に、ぐちゅぐちゅという水音が次第に激しくなっていく。

「あっ……、あっ、はっ……、ああんっ！」

感じる部分を何度も擦《こす》られ、小さな絶頂に達しながら、セリアはジェラールの背に腕を回して強く抱きしめた。

「あっ……、ああんっ……やあああっ」

それと同時に、身体の奥深くに灼熱《しゃくねつ》を注《そそ》ぎこまれ、セリアは目を閉じる。

敏感になった襞《ひだ》は、その刺激に震えた。

快楽はゆっくりと気怠《けだる》さにかわり、身体から力が抜けていく。

閉じてしまいそうになる目を必死に開けて、セリアはジェラールにしがみついた。

「大丈夫だ」

そんなセリアの金色の髪を、ジェラールはゆっくりと撫《な》でる。

「俺はもう、どこにも行かない。ずっとセリアのそばにいる。君のそばが俺の居場所だから」

アラスターの話を聞いてから、ジェラールの居場所になりたいと思っていた。

そのためならば、王妃という重圧にも耐えてみせると。

でもジェラールの言葉で、図書室で過ごしたあの日々が、もうふたりの居場所を作り上げてくれていたのだとセリアは知る。

心が満たされると同時に、身体の奥に熱がよみがえる。

「ジェラール、もっと抱きしめて。もっと、あなたを感じたい……」

そう囁《ささや》き、自分から唇を合わせる。

ジェラールは驚いたように目を見開き、そうして優しい笑みを浮かべてセリアを抱きしめた。

重なった唇。絡み合う舌から透明な雫《しずく》が流れ落ちる。

「だが、つらくはないか？」

ジェラールの背に腕を回して抱きつくと、耳元でそう囁《ささや》かれる。

達したばかりで敏感になっている身体は、すこしの刺激でも過剰に反応してしまう。

軽く胸に触れられただけで、セリアの身体はびくんと震える。それでも彼女は笑みを浮かべて首を横に振る。

「大丈夫。だから……お願い」

つらさよりも、愛しいと思う気持ちのほうがずっと強かった。

ジェラールは頷《うなず》くと、セリアを抱き上げる。そのまま彼女を窓辺に運ぶと、出窓の床板にセリアを座らせた。

「あ、ジェラール……」

大きな出窓からは、外の様子がよく見える。

ふたりとも裸のままだ。外から見えてしまうのではないかと危惧《きぐ》するセリアに、ジェラールは大丈夫だと囁《ささや》く。

「ここにも魔術をかけてある。誰にも見えないし、聞こえないよ」

「でも……」

いくら見られないとはいえ、陽射しの降り注《そそ》ぐ王城の窓辺に裸の姿を晒《さら》しているのかと思うと、恥ずかしくてたまらない。

「あの……、それでも、ここじゃ恥ずかしくて……」

俯《うつむ》くセリアの額《ひたい》に唇を押し当て、ジェラールはセリアの胸に触れた。

「気にすることはないよ。それにここなら、セリアの美しい姿がよく見える。金色の髪が光を反射して煌《きらめ》いているし、白い肌も赤く染まって、本当に綺麗だ」

目を細め、うっとりとしたような顔でそう言われてしまえば、セリアはもう反論の言葉を口にすることはできなかった。

「ジェラ……、あんっ……んっ……」

両手で胸を大きく揉《も》まれ、背を大きく反らして甘い声を上げる。

ジェラールに触れられた胸の先端は、さきほど触れられたときからずっと硬く尖《とが》ったままだ。そこを擦《こす》るようにして手のひらで撫《な》でられると、羞恥《しゅうち》で収まりかけていた熱が、また身体の奥から湧き起こる。

「ああっ……、んっ……はぁ……」

あまりに感じすぎて、痛いくらいだ。

さらに指で転がされ摘《つ》ままれるように愛撫《あいぶ》されて、セリアは両手を出窓の床板につき、背を反らした。ジェラールは、目の前に差し出されるような恰好になったセリアの胸の膨《ふく》らみに指を這《は》わせながら、仰《の》け反った白い首筋に唇を這《は》わせる。

強く吸いつかれ、ぴりっとした小さな痛みが走った。唇はセリアの鎖骨や胸元に移動し、白い肌に赤い花が咲いているかのような痕《あと》が残る。

「ジェラール……、はぁ……、んっ」

セリアはジェラールの名を呼びながら、快楽のあまり、意識が薄れそうになる。手を伸ばしてジェラールにしがみついた。

「セリア」

ジェラールは縋《すが》りついたセリアの手を握《にぎ》り、手の甲に軽く口づけると、彼女の身体を抱え上げて床に下ろした。

そのままセリアを窓のほうに向けると、セリアの手をとって出窓の床板に掴まらせた。前のめりになったセリアの腰が、自然に浮き上がる。

「……んっ、……恥ずかしい……っ」

ジェラールの目の前に腰を突き出したような恰好も、窓から外の光景がよく見えることも恥ずかしい。

「光に照らされたセリアの姿、すごく素敵だ……」

その言葉と同時に、指が秘部に差しこまれる。

「はぅ……、んんっ……」

ぐちゅぐちゅと音がして、深いところまで掻き回された。溢《あふ》れる蜜《みつ》が、足を伝《つた》って滴《したた》り落ちる。

「やぁん……、ああ……」

甘い声が唇からこぼれ落ちた。

恥ずかしいと思っていた恰好のまま、ねだるように腰を動かしてしまう。深い快楽を知ってしまった身体は、指だけでは満足できなくなっていた。

「は……あっ、おねがい……、もっと……」

「もっと、何？」

囁《ささや》くように言われて、セリアは焦《じ》れたように首を横に振った。

「ん……っいや……、いじわる、しないで……、お願い……」

「俺が欲しい？」

こくこくと、何度も頷《うなず》く。

「欲しいの。ジェラールが。もっと、奥まで……」

ようやく、蜜《みつ》の滴《したた》る秘部に熱い楔《くさび》が打ちこまれた。

その衝撃に身体をこわばらせるものの、ぐっちょりと濡《ぬ》れた秘部は、嬉々として肉の楔《くさび》を迎え入れる。

「ああんっ……、はぁ……、んんっ」

最初はゆっくりと腰を動かしていたジェラールは、セリアが切ない叫びを上げると、すこしずつ速度を上げた。

体内を突き上げられるたびに、最初に注《そそ》がれた白濁液《はくだくえき》と蜜《みつ》がまじり合って溢《あふ》れ出る。

ぐちょぐちょとした水音が響く。

だがもう、セリアにそれを恥ずかしく思う余裕はなかった。

「んんっ……、ああっ……、はぁんっ」

ようやく待ち望んだ刺激を与えられ、身体が喜びの声を上げている。

狭い体内を押し広げるようにして、最奥まで貫かれた。その衝撃にびくびくと痙攣《けいれん》し、ジェラール自身をさらに強く締めつけてしまう。

「はぁ……、ああんっ」

繰り返される挿入。

溶けてしまいそうな快楽に、身体を支えていることができなくなって、セリアは床板に縋《すが》るようにして、両肘をついた。

セリアの細い身体ががくがくと震える。

腰に添えられていたジェラールの手が熱い。彼もまた、セリアと同じように昂《たかぶ》っている。それを思うと、心が高揚する。

ジェラールもこんなにセリアを求めている。

「やあん……、はぁ……、あああっ」

胎内に熱い迸《ほとばし》りを感じた瞬間、身体から力が抜けてその場に崩れ落ちそうになる。

ジェラールは、そんなセリアをしっかりと抱き留めてくれた。

床に座りこみ、裸のまま抱き合う。

気怠《けだる》さと、甘い余韻《よいん》に酔いしれながら、セリアはジェラールの胸に寄りかかり、目を閉じる。

意識を手放す瞬間まで、ジェラールが髪を撫《な》でてくれているのを感じていた。

翌日、セリアはジェラールと一緒に父のもとを訪れた。

そこでセリアと父が繰り広げたのは、初めての父娘《おやこ》ゲンカだった。

セリアは父がジェラールに関して嘘をついていたことを、父は娘が勝手に結婚を決めたことを怒る。そして互いの思いを素直に話し、最後には謝り合った。これでもう、わだかまりはない。

その間、ジェラールはふたりのやりとりに言葉を挟むことができず、ただそばで困ったようにその様子を見つめていた。

「……あ、ジェラール、ごめんなさい」

彼を置き去りにしていたことに気づいて、セリアが慌てて謝罪する。すると彼はあいまいな笑みを浮かべた。それはセリアもいままで一度も見たことがない表情で、どう言葉を続けたらいいか困ってしまう。

「ジェラール?」

「ああ、いや」

セリアの困惑に気がついたのか、ジェラールは首を振る。

「親子とはこういうものかと、思っただけだ」

すこしだけ寂しそうな彼に、どう言葉をかければいいだろう。

助けを求めるように父を見た。父は頷《うなず》き、ジェラールの前に立つと、頭を下げる。

「リィードロス公?」

「どうか娘を頼みます。大切にするあまり、外の世界にはほとんど触れさせずに育ててきてしまいました。世間知らずかもしれませんが、妻に似て芯はしっかりとしています。それに、私よりもずっと真実を見る目を養《やしな》っているようです」

ジェラールは驚きを瞬時に押し隠し、真剣な表情で、深く頷《うなず》いた。

「大切なご息女に、苦労をかけてしまうかもしれません。ですが、必ず守ります」

セリアの父は微笑んだ。それはセリアでさえ初めて見る、満ち足りた笑顔だった。

ジェラールの王太子への就任は、セリアも驚くほどあっさりと決まった。

やはり魔族への脅威とアラスターの状況があったからだろう。

国王も、もう異議を唱えることもなかった。父の話からすると、ジェラールが王太子でいる時間は短いかもしれない。いろいろなことに疲れ果《は》てた王は、引退を考えているようだ。

セリアとジェラールの婚約も、すぐに発表された。

もう結婚をしている事実はさすがに伏せ、こんな世情だから結婚式は行《おこな》わないと発表した。

ふたりはもう精霊の前で結婚を誓っている。

あの神聖な結婚式以外のことを、セリアはするつもりはなかった。

王太子の結婚式を行《おこな》わないことに反対する者はいたが、これから魔族との全面対決になるかもしれないときに、そんなことをしている場合ではない、という意見に賛同する者が多かった。それは、父の根回しによるものだ。

そして、正式に認められてセリアとジェラールが晴れて夫婦となった翌日。

静養地に戻ったアラスターに、ふたりでその報告をしに行く。

王城にいたときの彼があまりにも弱々しかったせいで心配していたが、自分の屋敷に戻った彼は、明るい笑顔で迎えてくれた。

「そうか、よかった。すべてうまくいったようだね。僕は引き続き、ここで魔族の動向を探《さぐ》ることにする。そうだ、ジェラール。ここに預けている本はどうするつもりだ？　また異空間に図書室を作るのか？」

アラスターにそう言われ、ジェラールはすこし思案したあと、セリアを見た。

「いや、もう図書室は作らない。すべて王城に持っていく。セリアがいてくれるあそこが、いまの俺の居場所だ」

どこか清々《すがすが》しさを感じさせる言葉にアラスターは微笑み、セリアは涙ぐんだ。

ジェラールの居場所になることができた。嬉し涙を流すセリアの肩を、ジェラールが抱く。

寄り添うふたりの姿を嬉しそうに見つめたアラスターは、ふたりの前に分厚《ぶあつ》い書類を置いた。

「ずっとやりたかったことがある。それを実現したい。手を貸してくれないだろうか」

そう言うアラスターに、セリアはジェラールと顔を見合わせ、頷《うなず》く。アラスターの夢なら、協力しないわけにはいかない。

「ありがとう。構想はすべて、ここに記《しる》してある」

分厚《ぶあつ》い書類の束を、アラスターは差し出す。

受け取ったのは、ジェラールだった。

「これは？」

「この国に、魔術の学校を作りたい。そう思っている」

「魔術の、学校」

素晴らしい、とセリアはすぐに賛同する。

魔術を正しく学べる学校があれば、優れた魔術師がどんどん誕生するだろう。

「ああ、そうだな。学校を作ろう。そして魔術をもっと発展させていこう。これからの未来の、平和のために」

道のりは険《けわ》しいかもしれないが、もうひとりではない。

ジェラールと一緒に歩いていく。

喜びも悲しみも、痛みさえも分かち合って生きていくのだ――

書き下ろし番外編

# 誤解から生まれた希望

このレストロトフィ王国のみならず、大陸中を騒がせたあの事件から、五年後。

当時は、進化した魔物の出現という恐ろしい事態に国中が騒然としていた。

それでも王太子となったジェラール、王太子妃となったセリアがともにかなり強い魔術師であったこと。そうしてふたりが進化した魔物を倒す術を持っていたことから、すこしずつ混乱は収まり、平穏を取り戻していた。

加えて、あの事件の翌年にはセリアが身籠《みごも》り、ふたりの血を引いた子どもは強い魔力を持って生まれてきた。

セリアによく似た、煌《きらめ》くような金色の髪をした王子だった。

このベネディクトと名付けられた王子が、いずれ王国を継ぐだろう。幼い頃から優れた魔術師である両親に師事すれば、ふたりを凌《しの》ぐほどの実力を身につけるかもしれない。

これで将来も安泰だと、国民たちの不安はさらに薄まっていた。

さらに昨年。セリアは第二子を出産した。今度はジェラールに似た黒髪で、とても愛らしい王女だった。

だがこのローナと名付けられた王女には、魔力がまったくなかった。

魔力は必ず遺伝するものではない。

現にセリアの父であるリィードロス公爵は魔力を持っていないし、ジェラールの異母兄である国王もそうだった。

最近の研究で、魔物に対抗できる神聖魔術は、男性よりも女性のほうが覚えやすく、威力も強くなる傾向があるということがわかっていた。だからこそ、第二子が王女だとわかったとき、生まれたばかりの王女に対する国民の期待はかなり大きなものだった。それだけにローナに対する失望の声は、セリアが思っていたよりもずっと大きなものだった。

だがたとえ魔力を持っていなくても、セリナの娘に対する思いはまったく変わらない。

むしろこのか弱い命を守らなければと、ますます愛しさを募《つの》らせている。

でも――

セリアはすやすやと眠るローナを見つめながら、深いため息をついた。

ここは王城の中でも特に陽当たりのよい部屋で、生まれてくる子どものためにとジェラールが用意してくれた場所だ。窓の外には大きな中庭があり、美しい花が咲き乱れている。この花もジェラールが手配してくれたものだ。

彼は王太子として、またこの国を守護する魔術師として、かなり忙しい日々を送っている。そんな中、暇を見つけてはこの部屋に通っていた。それくらい、子どもが生まれることを楽しみにしてくれていたのに。

視線を部屋の中にめぐらせると、古代魔語で書かれた絵本が目に入った。それを見ると、さらにため息が出てしまう。

まだ一歳にもなっていない娘。

文字を読めるようになるのは随分と先だ。それなのにジェラールは、兄となったベネディクトにだけではなく、生まれたばかりのローナにも用意してくれたのだ。

(それなのに……)

娘に魔力がないとわかってから、ジェラールはほとんどこの部屋を訪れていない。

忙しいのはわかっている。

彼は王太子としての仕事の合間にも、この国を守護する魔術師として国中を回り、魔物の気配がないかと慎重に探《さぐ》っている。いくら魔術で移動できるとはいえ、自由になる時間などあまりないだろう。

それでも娘が生まれる前までは頻繁《ひんぱん》に顔を出してくれていただけに、余計なことを考えてしまう。

（もしかしてジェラールは……）

魔力のないローナに失望してしまったのだろうか。

思わずそう思ってしまい、慌てて首を強く振る。

まだ記憶に強く刻みこまれている、五年前に起こった悲劇。

魔力を持たずに生まれてきたサリジャは、劣等感に苛《さいな》まれ、それを魔物につけこまれてあの事件を起こしてしまった。彼はまだ北方にある牢獄《ろうごく》に幽閉《ゆうへい》されている。そそのかされたとはいえ、禁忌《きんき》を犯したサリジャが、そこから出ることはないだろう。

魔力がなかった。

それだけで、あんな大事件になってしまうこともある。

それに現国王やセリアの父も、偉大な魔術師であった自《みずか》らの父の魔力を継承できなかったことを気に病んでいた。

大切な娘にそんなつらい思いをしてほしくない。

「ジェラールと、きちんと話さなくてはならないわ」

そうでなくてはローナが不憫《ふびん》なあまり、今度はセリアがベネディクトよりもローナを可愛がるようになってしまうかもしれない。

そんなことはしたくない。

ジェラールにローナを愛してほしいし、セリアにとっては息子のベネディクトも娘のローナも愛する我が子だ。これから先、みんなでしあわせに生きるためにも、ここでしっかりと話し合いをしなくてはならない。

そう思ってジェラールに時間を取ってくれるよう頼みこんだのに、彼の返答はそっけないものだった。

いまは忙しい。時間ができたらまた連絡する。

彼の言葉を伝えてくれた使者の前で、セリアは思わずため息をついてしまう。

（いけない……。このままでは娘のせいで夫婦仲まで悪くなったと思われてしまうわ）

慌てて笑みを作って、了承したと告げる。

でも互いのためにも、すこし離れたほうがいいのかもしれない。

そう思ったセリアは、出産後の体調不良を理由に、まだ目が離せないローナだけを連れて、海辺の静養地でしばらく過ごすことにした。

この地には、相変わらず魔術の研究に精力的に取り組んでいるアラスターがいる。

挨拶《あいさつ》のために彼を訪れたセリアは、彼に問われるまま、この地に来た理由を述べた。

治癒《ちゆ》魔術がよく効いているのか、アラスターは以前会ったときよりも元気そうだった。セリアの話をじっくりと聞いてくれた彼は、やや困ったような笑みを浮かべながらこう言った。

「ジェラールが最近、どうしてそんなに忙しいのか、理由は聞いた？」

「いいえ。朝食のときしか会っていないから、あまりこみ入った話はできなくて。それに……。わたしはローナのことが心配で、先に席を立つことも多かったから」

セリアは俯《うつむ》きがちにそう言った。

ジェラールはどんなに忙しくても、朝食だけは家族と一緒に食べる。そのとき、しっかりと話そうと思えばできたのだ。でもセリアは侍女に預けている娘が心配で、いつもジェラールや息子を置いて先に出てきてしまっていた。

「わたしも最近、ローナのことばかりで……。きちんとジェラールと向き合っていなかったのかもしれない」

ただ娘が不憫《ふびん》で守りたくて、そんなことばかり考えていた。

言われてみれば本当に、朝食のときにしか会えないくらい、ジェラールは忙しかったのだ。それなのに勝手にローナを厭《いと》わしく思っているのではないかと疑って、ベネディクトまで置いて、遠く離れたこの場所まで来てしまった。

「勝手なことをしてしまったわ……」

落ちこむセリアに、アラスターは慰《なぐさ》めるように言った。

「心配しなくてもいいよ。ジェラールは君を心から愛しているし、もちろん、ふたりの子どもたちのことも愛している。きっとそれを形にして見せてくれるから、迎えにきてくれるまでここで待っていたらいいよ。たぶん、あと数日もかからないだろうから」

彼は、セリアが知らないことを知っている様子だった。

でもアラスターのほうがセリアよりもジェラールとの付き合いは長い。セリアとの秘密の結婚のことも、彼にだけは打ち明けていたくらいだ。そんな彼が大丈夫だと言ってくれるのだから、心配することはない。そう思ったセリアは、ようやく穏やかな笑みを浮かべた。

「ええ。でも迎えにきてくれるかしら。すこし強引に出てきてしまったから」

もちろん侍女に言付けてきたのだが、ジェラールの返答も待たず、しかも魔術を使って移動してきたのだ。

「移動魔術が使える君たちにとって、王都から遠く離れた土地だろうと隣の部屋だろうと、そう変わりはないよ。それにあれが完成したら、真っ先に君に見せたいだろうから、黙っていても迎えにくるよ」

あれとは何だろう。

気になったが、アラスターが言うようにいずれわかるのなら、ジェラールが迎えにきてくれるのを待とう。セリアはそう決意して、深く頷《うなず》いた。

それから数日は、この静養地でゆっくりと過ごした。

今までは娘のことばかりだったが、思っていたよりも身体は疲れていたらしい。慌てて静養地まで駆けつけてくれたキィーナにも、もっとお身体を大切にしなければいけませんと叱られてしまった。

思えば体調が悪かったからこそ、あんなふうに思い詰めてしまったのかもしれない。

本当に勝手なことをしてしまったと、いますぐにでも王城に戻って、ジェラールに謝罪し、置いてきてしまった息子を抱きしめたい。そう思っていたけれど、アラスターにもうすぐ迎えにくるから待っていたほうがいいと言われて、その気持ちを押し留めていた。

そうして、この静養地に来てから五日後。

眠っていた娘の黒髪を優しく撫《な》でていたセリアは、ジェラールの気配を感じて顔を上げた。するとそこには、すこし疲れたような顔をしたジェラールが立っていた。

「ジェラール」

「迎えにくるのが遅くなってしまったな。すまない」

セリアはあらためて、夫の顔を見つめた。

最初に出会ってから五年の歳月が経過している。

長かった黒髪も短くなり、立場が変わって責任が重くなったからか、顔立ちもやや精《せい》悍《かん》になっている。それでも、その身にまとう魔力と、祝福するように寄り添う精霊の存在は変わらない。セリアは手を伸ばしたジェラールの腕の中に、迷うことなく飛びこんだ。

「わたしのほうこそ、ごめんなさい。勝手に王城を出てしまって」

優しく抱き留められた。

「謝る必要などない。最近体調がすぐれないようだったから、心配していた。顔色もすこし良くなったようだね」

彼はそう言うと、視線を眠っているローナに向けた。

その慈《いつく》しむような優しい視線を見れば、いかに自分が愚《おろ》かだったのか思い知る。

ジェラールは、魔力を持たずに生まれた娘をちゃんと愛している。

「わたしは……」

娘に対する愛情を疑ってしまったことを謝らなければ。そう思って口を開いたセリアに、ジェラールはあるものを差し出した。

なめらかなシルクの布に包まれた、宝石の原石のようなもの。白く光っているその石には、かなり濃厚な魔力がこめられていた。

「ジェラール、これは……」

「魔石だ」

「魔石……」

「これを使えば、魔術を正しく学んだ者なら、魔力がなくても魔術を使えるようになる」

娘が生まれてから、ずっと忙しくしていたジェラール。きっとこの魔石の開発をしていたのだろう。だからこの魔石が誰のためのものなのか、考えるまでもなくわかった。

魔術を学べば、魔力がなくとも魔術を使うことができる。それはつまり、魔力を持っているか否かで差別される人がいなくなるということだ。

「ローナのために？」

「ああ、そうだ。最愛の女性が産んでくれた大切な娘を、ただ魔力がないというだけで貶《おとし》めることなど許さない。そしてこれがあれば、もう二度と魔力の有無が悲劇を呼ぶことはないだろう」

ジェラールの言葉を聞きながら、涙がこぼれ落ちそうになる。

「ごめんなさい。わたし、一度でもあなたを疑ってしまったわ」

彼は娘を守るために、こんなに必死になっていたというのに。

そう謝罪すると、ジェラールは安心させるように優しく抱きしめてくれる。

「いや、最初にきちんとすべてを伝えなかった俺が悪い。すまなかった。昔からつい、研究には没頭してしまう質《たち》だった」

「そうだね。まさかセリアに伝えないとは思わなかった」

背後から聞こえてきた声に顔を上げると、やや呆《あき》れたような顔をしたアラスターが立っていた。彼は魔石の開発にずっと協力してくれていたらしい。

「さあ、これからはもっと忙しくなるよ。魔石の量産に、魔術の学校の設立。いくら魔石があっても、正しく魔術を学ぶ場所がないと意味がないからね」

魔術の学校の設立は、アラスターの長年の夢だ。生き生きとした顔でそう言うアラスターに、セリアも笑顔で頷《うなず》いた。

「そうね。わたしもがんばるわ」

「いや、セリアはまず体調を整えるのが先だ。きちんと静養して、身体を大切にしてほしい」

大切な俺の居場所なのだから。

そう言われてしまえば、頷《うなず》くしかなかった。

「わかったわ。でも、あなたも無理はしないでね。わたしだって同じくらい、あなたのことを大切に思っているのよ」

甘く囁《ささや》き合うふたりに、アラスターは優しい笑みを浮かべて姿を消した。

この魔石があれば、ジェラールの異母兄である現国王やセリアの父も魔術が使えるようになる。そうすればきっと、父たちの魔力に対する劣等感も消えるに違いない。

ジェラールに対するわだかまりもすべて。

今だけでもこんなにしあわせなのに、きっと将来はもっとしあわせになる。その予感に、セリアは嬉しそうに微笑んだ。

NB ノーチェ文庫

## 美味しく頂かれちゃう!?

# 騎士団長のお気に召すまま

白ヶ音《しろがね》 雪《ゆき》　イラスト：坂本あきら

価格：本体 640 円+税

川で助けた記憶喪失の男性と、しばらく一緒に暮らすことにした料理人のセシル。ひょんなことから記憶が戻り、帰ってしまった彼は、「冷酷」と噂の騎士団長ヴィクトラムだった！そんな彼から城の厨房で働いてほしいとの依頼が舞い込む。しかも、仕事には「夜のお世話係」も含まれていて……!?

詳しくは公式サイトにてご確認ください

http://www.noche-books.com/

携帯サイトはこちらから！

NB ノーチェ文庫

## 強引騎士の極あまスキンシップ

# マイフェアレディも楽じゃない

佐倉《さくら》 紫《ゆかり》　イラスト：北沢きょう

価格：本体 640 円+税

祖父の遺言で、由緒ある伯爵家の跡継ぎに指名された庶民育ちのジェシカ。三ヶ月で誰もが認めるレディとなるため、とある騎士から淑女教育を受けることになってしまう。騎士の彼は男女のアレコレも必要不可欠とばかりに、夜は甘く淫らなスキンシップを仕掛けてきて――!?

詳しくは公式サイトにてご確認ください

http://www.noche-books.com/

携帯サイトはこちらから！

本書は、2017年6月当社より単行本として刊行されたものに書き下ろしを加えて文庫化したものです。


この作品に対する皆様のご意見・ご感想をお待ちしております。

おハガキ・お手紙は以下の宛先にお送りください。

【宛先】

〒150-6005 東京都渋谷区恵比寿4-20-3 恵比寿ｶﾞｰﾃﾞﾝﾌﾟﾚｲｽﾀﾜｰ 5F
（株）アルファポリス　書籍感想係

メールフォームでのご意見・ご感想は右のＱＲコードから、
あるいは以下のワードで検索をかけてください。

アルファポリス　書籍の感想　検索

ご感想はこちらから

ノーチェ文庫

# 王弟殿下《おうていでんか》とヒミツの結婚《けっこん》

## 雪村《ゆきむら》亜輝《あき》

2019年7月5日初版発行

文庫編集－斧木悠子・宮田可南子
編集長－太田鉄平
発行者－梶本雄介
発行所－株式会社アルファポリス
〒150-6005 東京都渋谷区恵比寿4-20-3 恵比寿ｶﾞｰﾃﾞﾝﾌﾟﾚｲｽﾀﾜｰ5F
TEL 03-6277-1601（営業）　03-6277-1602（編集）
URL http://www.alphapolis.co.jp/
発売元－株式会社星雲社
〒112-0005 東京都文京区水道1-3-30
TEL 03-3868-3275
装丁・本文イラスト－ムラシゲ
装丁デザイン－ansyyqdesign
印刷－株式会社暁印刷

価格はカバーに表示されてあります。

落丁乱丁の場合はアルファポリスまでご連絡ください。

送料は小社負担でお取り替えします。


ISBN978-4-434-25982-1 C0193